Leo Nikolajewitsch Tolstoj, geboren am 9. September 1828 in Jasnaja Poljana, ist am 20. November 1910 während einer Reise auf einer entlegenen Bahnstation gestorben.

Tolstoj hat in seiner 1857 geschriebenen und zwei Jahre später veröffentlichten Erzählung *Familienglück* zum ersten Mal die Problematik Liebe, Ehe und Familie aufgegriffen, ein Thema, das in seinen späteren Werken besonders in *Anna Karenina* (it 308) und *Die Kreutzersonate* (it 763) ausgestaltet werden sollte.

Die Erzählung handelt von Marja, einer jungen Frau, die ihre Geschichte erzählt – ihr Schicksal nach dem Tod der Eltern, Verlobung, Heirat und Ehe mit ihrem einstmaligen Vormund, einem um viele Jahre älteren Gutsherren. Tolstoj schildert einfühlsam, wie sich die Zuneigung der jungen Frau in Gleichgültigkeit gegenüber ihrem Ehepartner wandelt, wie sie sich der Eintönigkeit des Landlebens aus Lebenshunger entwindet, gesellschaftliches Vergnügen in Moskau und Baden-Baden sucht, sich schließlich ihrer Gefühle bewußt wird und zu ihrem Gatten zurückkehrt. ». . . das alte Gefühl wurde zu einer teuren, unwiederbringlichen Erinnerung; aber das neue Gefühl der Liebe zu den Kindern und zu dem Vater meiner Kinder legte den Grund zu einem anderen Leben, zu einem in ganz anderer Weise glücklichen Leben . . .«

insel taschenbuch 902

Leo N. Tolstoj

Familienglück

Leo N. Tolstoj
Familienglück

MIT ILLUSTRATIONEN

VON

THEODOR EBERLE

INSEL VERLAG

Die Erzählung »Familienglück« erschien erstmals
im April 1859 in der Zeitschrift »Der russische Bote«.
Titel der Originalausgabe: »Semejnoe scastie«.
Der Text der Übertragung von Hermann Röhl,
bearbeitet von Gisela Drohla, folgt der Ausgabe:
Leo N. Tolstoj, »Sämtliche Erzählungen«.
Insel Verlag Frankfurt am Main 1961.
Die Illustrationen wurden für die vorliegende Ausgabe
von Theodor Eberle angefertigt.

insel taschenbuch 902
Erste Auflage 1986

Vertrieb durch den Suhrkamp Taschenbuch Verlag
Umschlag nach Entwürfen von Willy Fleckhaus
Satz: LibroSatz, Kriftel
Druck: Nomos Verlagsgesellschaft, Baden-Baden
Printed in Germany

3 4 5 6 7 8 – 99 98 97 96 95 94

Familienglück

ERSTER TEIL

Ich und meine jüngere Schwester Sonja trugen Trauer um unsere Mutter, die im Herbst gestorben war, und lebten den ganzen Winter über mit Katja zusammen allein auf dem Lande.

Katja war eine alte Freundin unseres Hauses, unsere Gouvernante, die uns beide großgezogen hatte und die ich kannte und liebte, solange ich zurückdenken kann. Wir verbrachten einen traurigen, trübseligen Winter in unserem alten Haus in Pokrowskoje. Das Wetter war kalt und windig, so daß die Schneewehen über den unteren Rand der Fenster hinaufreichten; die Fenster waren fast immer zugefroren und trübe, und den ganzen Winter über gingen und fuhren wir nur sehr selten aus. Auch zu uns kam nur selten Besuch, und die Gäste brachten keine Heiterkeit und Freude in unser Haus. Alle hatten traurige Gesichter, alle sprachen sie leise, als fürchteten sie jemand aufzuwecken; sie lachten nicht, sondern seufzten und weinten oft, wenn sie mich und besonders die kleine Sonja in dem schwarzen Kleidchen ansahen. Man glaubte noch immer den Tod im Hause zu fühlen; Trauer und Todesfurcht schwebten in der Luft. Mamas Zimmer war verschlossen, und wenn ich daran vorüberging, um mich schlafen zu legen, wurde mir bang, und es war mir, als zöge mich etwas, in das kalte, leere Zimmer hineinzusehen.

Ich war damals siebzehn Jahre alt, und meine Mutter wollte gerade in ihrem Todesjahr in die Stadt übersiedeln, um mich in die Gesellschaft einzuführen. Der Verlust der Mutter war ein tiefer Schmerz für mich, aber ich muß gestehen, daß ich bei allem Schmerz empfand, daß ich jung und schön war, wie alle mir sagten, und nun schon den zweiten Winter nutzlos in der Einsamkeit auf dem Lande verbrachte. Gegen Ende des Winters steigerte sich dieses Gefühl der Trauer, Einsamkeit und Langeweile so sehr, daß ich das Zimmer nicht mehr verließ, das Klavier nicht mehr aufmachte und kein Buch mehr in die Hand nahm. Wenn Katja mir zuredete, ich möchte mich doch mit diesem oder jenem beschäftigen, antwortete ich: »Ich habe keine Lust, ich kann nicht«, und in meinem Innern sagte eine Stimme: ›Wozu? Wozu soll ich etwas tun, wenn die beste Zeit meines Lebens so nutzlos dahingeht? Wozu?‹ Und auf dieses ›Wozu?‹ hatte ich keine andere Antwort als Tränen.

Man sagte mir, ich sei in dieser Zeit abgemagert und mein Aussehen habe sich verschlechtert, aber selbst das interessierte mich nicht. Wozu und für wen sollte ich gut aussehen? Es schien mir, daß mein ganzes Leben in dieser einsamen und ausweglosen Trauer dahingehen müsse, aus der herauszukommen ich weder die Kraft noch den Wunsch hatte. Gegen Ende des Winters begann Katja sich Sorgen zu machen und beschloß, mich unter allen Umständen ins Ausland zu bringen. Aber dazu brauchte man Geld, und wir wußten kaum, was uns nach dem Tod der Mutter verblieben war; von einem Tage zum andern warteten wir auf den Vormund, der kommen und unsere Angelegenheit ordnen sollte.

Im März kam der Vormund.

»Nun, Gott sei Dank!« sagte Katja eines Tages zu mir, als ich wie ein Schatten ohne Beschäftigung, ohne Gedanken, ohne Wünsche von einer Ecke in die andere ging. »Sergej Michailowitsch ist angekommen; er hat hergeschickt, um sich nach uns zu erkundigen, und will zum Mittagessen hier sein. Raff dich auf, liebe Maschetschka*«, fügte sie hinzu, »was wird er sonst von dir denken? Er hat euch beide immer so lieb gehabt.«

Sergej Michailowitsch war unser Gutsnachbar und ein Freund unseres verstorbenen Vaters, obgleich er bedeutend jünger war als er. Abgesehen davon, daß seine Ankunft für unsere Zukunftspläne von großer Wichtigkeit war und uns die Möglichkeit gab, unser Gut zu verlassen, war ich auch von klein auf gewöhnt, ihn zu lieben und zu verehren, und wenn Katja mich ermahnte, mich aufzuraffen, so hatte sie richtig erraten, daß es mir von allen Bekannten am schmerzlichsten gewesen wäre, gerade vor Sergej Michailowitsch in einem unvorteilhaften Licht zu erscheinen. Abgesehen davon, daß ich, wie alle im Hause, von Katja und Sonja, die sein Patenkind war, angefangen bis zum Stallknecht, ihn sehr liebhatte, hatte er für mich auch noch eine besondere Bedeutung wegen einer Äußerung, die Mama einmal in meiner Gegenwart getan hatte. Sie hatte nämlich gesagt, einen solchen Mann wünsche sie für mich. Damals war mir das wunderlich vorgekommen und hatte mir sogar mißfallen, denn der

* Koseform für Marja; desgleichen Mascha.

Held meiner Phantasie sah ganz anders aus. Mein Held war schlank, hager, blaß und schwermütig. Sergej Michailowitsch aber war ein nicht mehr junger Mann, hochgewachsen, stattlich und, wie es mir schien, immer vergnügt; aber trotzdem hatte mir diese Bemerkung Mamas einen tiefen Eindruck gemacht, und schon vor sechs Jahren, als ich elf Jahre alt war und er noch ›du‹ zu mir sagte, mit mir spielte und mich ›das kleine Veilchen‹ nannte, hatte ich mich manchmal nicht ohne Angst gefragt, was ich denn tun solle, wenn er auf einmal erklärt, er wolle mich heiraten.

Kurz vor dem Mittagessen, das Katja um eine Cremetorte und ein Spinatgericht bereichert hatte, traf Sergej Michailowitsch ein. Ich sah durchs Fenster, wie er in einem kleinen Schlitten zu unserm Haus gefahren kam; aber als er um die Ecke bog, eilte ich in den Salon und wollte tun, als hätte ich gar nicht auf ihn gewartet. Aber als ich im Vorzimmer seine schweren Stiefel, seine laute Stimme und Katjas Schritte hörte, konnte ich mich doch nicht halten und ging ihm selbst entgegen. Er hatte Katja bei der Hand gefaßt, redete laut und lächelte. Als er mich erblickte, hielt er inne und sah mich eine Weile an, ohne mich zu grüßen. Ich wurde verlegen und fühlte, daß ich errötete.

»Ach! Sind Sie es wirklich?« sagte er in seiner entschlossenen, schlichten Art, indem er die Arme ausbreitete und auf mich zukam. »Kann man sich denn so verändern? Wie Sie gewachsen sind! Nun sehe mal einer unser Veilchen an! Sie sind ein ganzer Rosenstock geworden!«

Er nahm mit seiner großen Hand meine Rechte und

drückte sie so kräftig und ehrlich, daß es mir beinahe weh tat. Ich glaubte, er würde mir die Hand küssen, und bog mich schon zu ihm hin; aber er drückte mir noch einmal die Hand und sah mir mit seinem festen, heiteren Blick gerade in die Augen.

Ich hatte ihn sechs Jahre lang nicht gesehen. Er hatte sich sehr verändert: er sah älter aus, hatte einen dunklen Teint bekommen und hatte sich einen Backenbart stehen lassen, der ihm gar nicht stand; aber er hatte noch dasselbe einfache, natürliche Wesen, dasselbe offene, ehrliche Gesicht mit den kräftigen Zügen, dieselben klugen, leuchtenden Augen und dasselbe freundliche, fast kindliche Lächeln.

Nach fünf Minuten hatte er aufgehört, ein Gast zu sein, und war für uns alle einer der Unsrigen geworden, sogar für unsere Leute, die sich über seine Ankunft freuten, wie an ihrem Diensteifer zu merken war.

Er benahm sich ganz anders als die Nachbarn, die uns nach dem Tode unserer Mutter besucht und es für nötig gehalten hatten, zu schweigen und zu weinen, während sie bei uns saßen; er war im Gegenteil gesprächig und heiter und sagte kein Wort über Mama, so daß mir diese Gleichgültigkeit anfangs seltsam und für einen uns so nahestehenden Menschen unpassend vorkam. Aber später sah ich ein, daß das nicht Gleichgültigkeit, sondern Aufrichtigkeit war, und ich war ihm dafür dankbar. Am Abend setzte sich Katja im Salon auf den gewohnten Platz, um einen Tee einzugießen, ganz wie es zu Mamas Lebzeiten gewesen war; ich und Sonja setzten uns neben sie; der alte Grigorij brachte ihm eine von Papas Pfeifen, und er begann wie in alten Zeiten im Zimmer auf und ab zu gehen.

»Wie viele schreckliche Veränderungen in diesem Haus vor sich gegangen sind, wenn man das so bedenkt!« sagte er stehenbleibend.

»Ja«, erwiderte Katja mit einem Seufzer, deckte den Samowar zu und sah unsern Freund an; sie war den Tränen nahe. »Ich glaube, Sie können sich noch an Ihren Vater erinnern?« sagte er, sich zu mir wendend.

»Nur schwach«, antwortete ich.

»Wie gut es jetzt für Sie wäre, wenn Sie ihn noch hätten!« sagte er leise und sah nachdenklich auf meine Stirn. »Ich habe Ihren Vater sehr liebgehabt!« fügte er noch leiser hinzu, und es schien mir, daß seine Augen noch mehr blitzten.

»Und nun hat Gott auch sie zu sich genommen!« sagte Katja, deckte eine Serviette auf die Teekanne, zog ihr Taschentuch hervor und begann zu weinen.

»Ja, in diesem Haus sind furchtbare Veränderungen vorgegangen«, wiederholte er und wandte sich ab. »Sonja, zeig mir doch einmal deine Spielsachen!« fügte er nach einem Weilchen hinzu und ging mit ihr in den Saal. Ich sah Katja mit tränenerfüllten Augen an, als er hinausgegangen war.

»Das ist ein ganz prächtiger Freund!« sagte sie.

Und in der Tat rief die Teilnahme dieses fremden guten Menschen bei mir eine warme, wohlige Empfindung hervor.

Aus dem Saal hörten wir Sonja vergnügt quieken und munter mit ihm spielen. Ich schickte ihm Tee hinüber; und es war zu hören, wie er sich ans Klavier setzte und mit Sonjas Händchen auf die Tasten schlug.

»Marja Alexandrowna!« rief er. »Kommen Sie doch her und spielen Sie etwas!«

Es war mir angenehm, daß er sich in so schlichter, freundschaftlich befehlender Weise an mich wandte; ich stand auf und ging zu ihm.

»Spielen Sie das!« sagte er, und er schlug ein Heft mit Beethovenscher Musik bei dem Adagio der Sonate ›Quasi una fantasia‹ auf. »Wir wollen einmal sehen, wie Sie spielen«, fügte er hinzu und ging mit seinem Glas in eine Ecke des Saales.

Ich fühlte, daß ich es ihm nicht abschlagen und mich nicht damit herausreden konnte, daß ich schlecht spielte; ich setzte mich gehorsam ans Klavier und begann zu spielen, so gut ich konnte, obgleich ich mich vor seinem Urteil fürchtete, da ich wußte, daß er Verständnis für Musik besaß und sie liebte. Das Adagio entsprach dem Gefühl der Erinnerung, das durch das Gespräch am Teetisch wachgerufen worden war, und ich glaube, daß ich ganz annehmbar spielte. Das Scherzo aber ließ er mich nicht spielen. »Nein, das spielen Sie nicht gut«, sagte er, zu mir tretend; »lassen Sie das nur; aber das erste war nicht übel. Sie scheinen Musikverständnis zu haben.« Dieses maßvolle Lob freute mich dermaßen, daß ich sogar errötete. Es war mir so neu und angenehm, daß er, ein Freund meines Vaters, ernsthaft mit mir redete, nicht wie mit einem Kind, wie er das früher getan hatte. Katja ging nach oben, um Sonja zu Bett zu bringen, und so blieben wir beide allein im Saal.

Er erzählte mir von meinem Vater, wie er Freundschaft mit ihm geschlossen und wie vergnügt sie gelebt hatten, als ich noch bei meinen Büchern und Spielsachen saß; und mein Vater erschien mir in seiner Erzählung zum ersten Mal als schlichter, lieber Mensch, als den ich ihn bis dahin nicht gekannt hatte. Er fragte mich auch nach allem aus, was ich liebte, was ich las, was ich zu tun beabsichtigte, und gab mir Ratschläge. Er war jetzt für mich nicht mehr ein lustiger Spaßvogel, der mich neckte und mir Spielzeug verfertigte, sondern ein ernster, schlichter, liebevoller Mann, für den ich unwillkürlich Achtung und Zuneigung empfand. Mir war leicht und angenehm zumute, und ich fühlte gleichzeitig eine gewisse Spannung, wenn ich mit ihm sprach. Ich fürchtete bei jedem Wort, das ich sagte, es könnte ihm mißfallen; ich wollte mir so gern seine Liebe verdienen, die ich bisher nur deshalb besaß, weil ich die Tochter meines Vaters war.

Als Katja meine Schwester Sonja zu Bett gebracht hatte, gesellte sie sich zu uns und beklagte sich bei ihm über meine Apathie, von der ich ihm nichts gesagt hatte.

»Gerade das Wichtigste hat sie mir nicht erzählt«, sagte er, indem er mich lächelnd ansah und vorwurfsvoll den Kopf schüttelte.

»Was ist da viel zu erzählen!« erwiderte ich. »Das ist sehr langweilig, und es wird vorübergehen.« Es kam mir jetzt wirklich so vor, als ob meine Schwermut nicht nur vorübergehen werde, sondern bereits verschwunden sei und niemals existiert habe.

»Es ist nicht gut, wenn man das Alleinsein nicht zu

ertragen versteht«, sagte er. »Sie sind doch eine junge Dame?«

»Natürlich bin ich eine junge Dame«, antwortete ich lachend.

»Nein, das ist nicht das Rechte: eine junge Dame, die nur lebendig ist, solange man sie bewundert, und sich gehen läßt und an nichts mehr Freude hat, sobald sie allein ist. Alles nur zum Schein, aber nichts für sich selbst.«

»Sie haben ja eine schöne Meinung von mir«, antwortete ich, nur um etwas zu sagen.

»Nein!« erwiderte er nach kurzem Schweigen, »Sie sehen Ihrem Vater nicht umsonst ähnlich. Es steckt etwas in Ihnen«, und sein gutherziger, prüfender Blick ruhte wieder wohlwollend auf mir und versetzte mich in eine freudige Verlegenheit.

Erst jetzt bemerkte ich in seinem Gesicht, das beim ersten Eindruck so heiter erschien, diesen nur ihm eigenen, zuerst klaren, dann immer aufmerksameren und etwas traurigen Blick.

»Sie dürfen und können sich nicht langweilen«, sagte er; »Sie haben die Musik, für die Sie Verständnis besitzen, und Sie haben Bücher, die Sie lesen und studieren können; Sie haben das ganze Leben vor sich, auf das Sie sich gerade jetzt vorbereiten müssen, damit Sie später nicht bedauern, daß Sie es nicht getan haben. In einem Jahr ist es bereits zu spät dazu.«

Er sprach mit mir wie ein Vater oder Onkel, und ich fühlte, daß er sich fortwährend Zwang auferlegte, um mit mir wie mit seinesgleichen reden zu können. Es kränkte mich, daß er mich niedriger einschätzte als sich selber, aber zugleich war es mir angenehm, daß er nur um meinetwillen die Anstrengung für nötig hielt, anders zu sein als sonst.

Während des übrigen Abends sprach er mit Katja über geschäftliche Angelegenheiten.

»Nun leben Sie wohl, liebe Freunde!« sagte er, als er schließlich aufstand, zu mir trat und meine Hand ergriff.

»Wann werden wir uns denn wiedersehen?« fragte Katja.

»Im Frühling«, antwortete er, ohne meine Hand loszulassen. »Jetzt will ich nach Danilowka« (unserm andern Gut) »fahren, nach dem Rechten sehen und alles in Ordnung bringen, so gut ich kann. Dann muß ich in eigenen Angelegenheiten nach Moskau fahren, und im Sommer werden wir uns öfter sehen.«

»Warum wollen Sie denn so lange fortbleiben?« sagte ich tief betrübt; ich hatte wirklich gehofft, ihn jetzt täglich zu sehen, und nun wurde mir auf einmal ganz kläglich zumute, und ich fürchtete, daß meine Langeweile wiederkehren werde. Wahrscheinlich kam das alles in meinem Blick und in meinem Ton zum Ausdruck.

»Ja, beschäftigen Sie sich mehr und fangen Sie keine Grillen«, sagte er in einem, wie mir schien, gar zu kalten, ungezwungenen Ton. »Im Frühjahr werde ich Sie examinieren«, fügte er hinzu und ließ meine Hand los, ohne mich anzusehen.

Im Vorzimmer, wohin wir ihn begleitet hatten, zog er eilig seinen Pelz an und maß mich wieder mit einem kurzen Blick. ›Er bemüht sich vergeblich!‹ dachte ich.

›Denkt er wirklich, daß es mir so angenehm ist, wenn er mich ansieht? Er ist ein guter Mensch, ein sehr guter Mensch ... aber das ist auch alles.‹

Trotzdem konnten Katja und ich an diesem Abend lange nicht einschlafen und unterhielten uns noch eine ganze Weile. Wir sprachen nicht von ihm, sondern davon, wie wir den kommenden Sommer verbringen, wie und wo wir den Winter verleben würden. Die schreckliche Frage: ›Wozu?‹ tauchte nicht mehr auf. Es schien mir sehr einfach und klar, daß man leben müsse, um glücklich zu sein, und ich stellte mir die Zukunft als eitel Glück und Wonne vor. Es war, als ob unser altes, düsteres Haus in Prokrowskoje sich plötzlich mit Leben und Licht erfüllt hätte.

2

Unterdessen war es Frühling geworden. Meine frühere Schwermut war verschwunden und hatte einer träumerischen Frühlingssehnsucht voll unverständlicher Hoffnungen und Wünsche Platz gemacht. Obgleich ich nicht mehr so lebte wie zu Anfang des Winters, sondern mich mit Sonja, mit Musik und Büchern beschäftigte, ging ich doch oft in den Garten, irrte stundenlang allein in den Alleen umher oder saß auf einer Bank, in Gott weiß was für Gedanken, Wünsche und Hoffnungen versunken. Manchmal saß ich auch ganze Nächte lang, besonders bei Mondschein, bis zum Morgen am Fenster meines Zimmers; manchmal ging ich in der bloßen Nachtjacke leise, ohne daß

Katja es merkte, in den Garten und lief durch das taunasse Gras zum Teich, und einmal ging ich sogar auf das Feld hinaus und wanderte allein in der Nacht um den ganzen Garten herum.

Jetzt fällt es mir schwer, mir jene Träume, die damals meine Phantasie erfüllten, ins Gedächtnis zurückzurufen und sie zu verstehen. Wenn ich daran denke, kann ich kaum glauben, daß das wirklich meine Träume waren. So seltsam waren sie und so weit vom wirklichen Leben entfernt.

Ende Mai kehrte Sergej Michailowitsch, wie er versprochen hatte, von seiner Reise zurück.

Das erste Mal kam er an einem Abend zu uns, als wir ihn gar nicht erwartet hatten. Wir saßen auf der Veranda und wollten gerade Tee trinken. Der Garten war schon ganz grün, und in den Sträuchern nisteten schon seit Beginn der Petrifasten die Nachtigallen. Die Fliederbüsche mit ihrem krausen Laub sahen aus, als wären sie über und über mit etwas Weißem und Violettem bestreut, die ersten Blüten begannen sich zu entfalten. Das Blattwerk der Birkenallee war in der untergehenden Sonne wie durchsichtig. Auf der Veranda lag frischer, kühler Schatten. Es war zu erwarten, daß ein starker Abendtau das Gras netzen werde. Im Hof hinter dem Garten ließen sich die letzten Geräusche des Tages vernehmen, das Lärmen der heimgetriebenen Herde. Der schwachsinnige Nikon fuhr mit einer Wassertonne den Weg vor der Veranda entlang, und der kalte Strahl aus der Gießkanne bildete dunkle Kreise auf der aufgelockerten Erde um die Stengel der Georginen und um die Stützpflöcke. Bei uns auf der

Veranda blitzte und brodelte der blankgeputzte Samowar auf dem weißen Tischtuch; Sahne, Brezeln und Gebäck standen daneben. Katja, die sorgsame Hausfrau, spülte mit ihren rundlichen Händen die Tassen. Ohne auf den Tee zu warten, aß ich Brot mit frischer, dicker Sahne, da ich nach dem Baden hungrig geworden war. Ich trug eine Leinenbluse mit kurzen Ärmeln und hatte ein Tuch um die nassen Haare geschlungen. Katja war die erste, die ihn schon durch das Fenster erblickte.

»Ah, Sergej Michailowitsch!« sagte sie. »Wir haben gerade von Ihnen gesprochen.«

Ich stand auf und wollte weggehen, um mich umzukleiden; aber er hielt mich an, als ich schon in der Tür war.

»Warum diese Umstände auf dem Lande?« sagte er und blickte lächelnd auf meinen Kopf mit dem Tuch. »Sie genieren sich doch nicht vor Grigorij, und ich bin wirklich für Sie nichts anderes als er.« Aber gerade jetzt schien es mir, daß er mich ganz anders ansah, als Grigorij mich hätte ansehen können, und ich wurde verlegen.

»Ich komme gleich wieder«, sagte ich und eilte von ihm weg.

»Was ist denn dabei?« rief er mir nach. »Sie sehen aus wie eine junge Bauernfrau.«

›Wie sonderbar er mich angesehen hat‹, dachte ich, während ich mich oben eilig umkleidete. ›Na, Gott sei Dank, daß er gekommen ist; nun wird es bei uns heiter zugehen!‹ Nachdem ich mich im Spiegel betrachtet hatte, lief ich vergnügt die Treppe hinunter; atemlos und ohne zu verheimlichen, daß ich mich beeilt hatte, ging ich auf die Terrasse. Er saß am Tisch und berichtete Katja von unseren Angelegenheiten. Als er mich sah, lächelte er und sprach weiter. Seinen Worten nach stand alles ausgezeichnet. Wir sollten jetzt nur noch den Sommer auf dem Lande verbringen und dann wegen Sonjas Erziehung entweder nach Petersburg oder ins Ausland reisen.

»Ja, sehen Sie, wenn Sie *mit* uns ins Ausland reisten«, sagte Katja. »Aber so allein werden wir uns wie verraten und verkauft fühlten.«

»Ach, wie gern würde ich mit Ihnen um die Welt reisen!« sagte er halb im Scherz, halb im Ernst.

»Warum nicht?« sagte ich. »Reisen wir um die Welt!«

Er lächelte und schüttelte den Kopf.

»Und meine Mutter? Und meine Geschäfte?« erwiderte er. »Na, aber davon wollen wir jetzt nicht reden. Erzählen Sie mir lieber, wie Sie diese Zeit verbracht haben. Haben Sie vielleicht wieder Grillen gefangen?«

Als ich ihm erzählte, daß ich mich während seiner Abwesenheit mit mancherlei Dingen beschäftigt und mich nicht gelangweilt hätte, und Katja meine Worte bestätigte, lobte er mich und liebkoste mich mit seinem Blick wie ein Kind, als hätte er ein Recht dazu. Ich hielt es für notwendig, ihm ausführlich und aufrichtig alles mitzuteilen, was ich Gutes getan hatte, und wie in der Beichte alles zu bekennen, womit er unzufrieden sein konnte.

Der Abend war so schön, daß wir auf der Veranda

blieben, obwohl der Teetisch schon abgeräumt war, und die Unterhaltung war so interessant für mich, daß ich nicht bemerkte, wie alle menschlichen Laute um uns allmählich verstummten. Der Blumenduft wurde stärker, der Tau benetzte das Gras, eine Nachtigall begann nicht weit von uns in einem Fliederbusch zu schlagen und verstummte wieder, als sie unsere Stimmen hörte; der Sternenhimmel schien sich tief auf uns herabzusenken.

Daß es schon dunkel geworden war, merkte ich nur daran, daß auf einmal eine Fledermaus lautlos unter die Markise der Veranda geflogen kam und um mein weißes Tuch flatterte. Ich drückte mich gegen die Mauer und wollte schon aufschreien; aber die Fledermaus glitt ebenso lautlos und schnell wieder unter der Markise hervor und verschwand im Halbdunkel des Gartens.

»Wie ich Ihr Pokrowskoje liebe«, sagte er, das Gespräch unterbrechend. »Mein ganzes Leben lang möchte ich hier so auf der Veranda sitzen.«

»Na schön, tun Sie das doch!« sagte Katja.

»Ja, das sagen Sie so«, erwiderte er, »aber das Leben läßt einen nicht stillsitzen.«

»Warum heiraten Sie nicht?« fragte Katja. »Sie wären ein vortrefflicher Ehemann.«

»Weil ich gern stillsitze?« Er lachte auf. «Nein, Katerina Karlowna, für Sie und für mich ist es zum Heiraten zu spät. Man hat schon lange aufgehört, mich als Menschen zu betrachten, den man verheiraten könnte. Und ich selbst erst recht, und seitdem fühle ich mich äußerst wohl.«

Mir schien, daß er das mit unnatürlicher Begeisterung sagte.

»Das ist gut! Er ist sechsunddreißig Jahre alt und hat schon mit dem Leben abgeschlossen!« sagte Katja.

»Und wie gründlich abgeschlossen!« fuhr er fort. »Ich möchte nur noch stillsitzen. Aber zum Heiraten gehört etwas anderes. Fragen Sie sie einmal«, fügte er hinzu und wies mit einer Kopfbewegung auf mich. »Die müssen wir verheiraten. Wir beide aber, Sie und ich, werden an ihr unsere Freude haben.«

In seinem Ton lag eine versteckte Traurigkeit und Gezwungenheit, die mir nicht entging. Er schwieg ein Weilchen, und auch ich und Katja sagten nichts.

»Na, stellen Sie sich vor«, fuhr er fort und drehte sich auf dem Stuhl herum, »ich hätte plötzlich durch irgendeinen unglücklichen Zufall ein siebzehnjähriges Mädchen geheiratet, sagen wir Masch – Marja Alexandrowna. Das ist ein schönes Beispiel; ich freue mich sehr, daß sich das so gut trifft . . . Das ist das allerbeste Beispiel.«

Ich lachte und konnte gar nicht begreifen, worüber er sich so freute und was sich eigentlich so gut traf . . .

»Na, sagen Sie die Wahrheit, Hand aufs Herz«, sagte er in scherzendem Ton zu mir, »wäre es denn kein Unglück für Sie, Ihr Leben mit einem alten, abgelebten Mann zu vereinen, der nur stillsitzen will, während in Ihnen Gott weiß was gärt und sich regt?«

Ich wurde verlegen und schwieg, da ich nicht wußte, was ich darauf antworten sollte.

»Ich mache Ihnen ja keinen Heiratsantrag«, fuhr er lachend fort, »aber sagen Sie die Wahrheit: Sie träumen doch von einem ganz anderen Mann, wenn Sie abends allein in der Allee spazierengehen; und es wäre ja doch ein Unglück?«

»Ein Unglück nicht . . .« begann ich.

»Na, aber nicht schön«, beendete er meinen Satz.

»Nein, aber ich kann mich ja auch täu . . .«

Aber er unterbrach mich wieder.

»Na, sehen Sie wohl, sie hat vollkommen recht, und ich bin ihr für ihre Aufrichtigkeit dankbar und freue mich sehr, daß wir dieses Gespräch geführt haben! Ja noch mehr: für mich wäre es das größte Unglück«, fügte er hinzu.

»Was für ein wunderlicher Kauz Sie sind. Sie haben sich gar nicht verändert«, sagte Katja und verließ die Veranda, um das Abendessen servieren zu lassen.

Als Katja weggegangen war, verstummten wir beide, und auch um uns war alles still. Nur die Nachtigall sang, nicht mehr abgerissen und zögernd wie am Abend, sondern ruhig und ohne Hast, und ihr nächtliches Lied klang durch den ganzen Garten; eine andere antwortete ihr aus der Ferne, von unten aus der Schlucht, zum ersten Mal am heutigen Abend. Die erste verstummte und schien einen Augenblick zu lauschen, dann ließ sie ihre hellen, perlenden Triller noch lauter und voller erschallen. Und mit majestätischer Ruhe ertönten diese Stimmen in ihrer nächtlichen, uns fremden Welt. Der Gärtner ging vorüber, um sich im Gewächshaus schlafen zu legen; seine Schritte in den schweren Stiefeln waren auf dem Weg deutlich zu hören und verhallten in der Ferne. Jemand pfiff zweimal gellend am Berghang, dann wurde es wieder ganz still. Ein Blatt bewegte sich kaum hörbar, die Markise auf der Veranda blähte sich, und in der Luft schaukelnd strömte eine Woge von Blumenduft auf uns zu und ergoß sich über die Veranda. Nach dem, was gesprochen worden war, war es mir peinlich zu schweigen, aber ich wußte nichts, was ich sagen sollte. Ich sah ihn an. Seine blitzenden Augen wandten sich mir im Halbdunkel zu.

»Es ist herrlich, auf der Welt zu leben!« sagte er.

Ich seufzte.

»Wie?«

»Ja, es ist herrlich, auf der Welt zu leben!« wiederholte ich seine Worte. Und wir verstummten abermals, und ich hatte wieder ein peinliches Gefühl.

Ich mußte immer denken, daß ich ihn gekränkt hatte, indem ich zugab, daß er alt sei, und wollte ihn trösten; aber ich wußte nicht, wie ich das machen sollte.

»Aber nun leben Sie wohl!« sagte er, sich erhebend. »Meine Mutter erwartet mich zum Abendessen. Ich habe sie heute fast noch gar nicht gesehen.«

»Und ich wollte Ihnen noch eine neue Sonate vorspielen«, sagte ich.

»Ein andermal«, sagte er – kalt, wie mir schien . . . »Adieu!«

Ich hatte jetzt noch mehr die Empfindung, daß ich ihn gekränkt hatte, und das tat mir leid. Katja und ich begleiteten ihn bis vor die Haustür, blieben auf dem Hof stehen und blickten den Weg entlang, auf dem er wegfuhr. Als der Hufschlag seines Pferdes verklungen war, ging ich um das Haus herum auf die Veranda und blickte wieder in den Garten, und in dem tauigen Nebel, der die Laute der Nacht einhüllte, sah und hörte ich noch lange all das, was ich sehen und hören wollte.

Er kam ein zweites und drittes Mal, und das peinliche Gefühl, das durch das seltsame Gespräch zwischen uns entstanden war, verschwand vollständig und kam nicht wieder. Im Laufe des ganzen Sommers kam er zwei- oder dreimal in der Woche zu uns, und ich gewöhnte mich so an ihn, daß es mir, wenn er einmal längere Zeit nicht kam, unerträglich erschien, allein zu sein; ich war ihm sogar böse und fand es schlecht von ihm, mich so zu vernachlässigen. Er verkehrte mit mir wie mit einem jungen, lieben Kameraden, fragte mich nach allem Möglichen, veranlaßte mich zur herzlichsten Offenheit, gab mir Ratschläge und spornte mich an; manchmal tadelte er mich auch und hielt mich von etwas zurück. Aber trotz all seiner Bemühungen, mich stets wie seinesgleichen zu behandeln, fühlte ich, daß hinter dem, was mir an ihm verständlich war, noch eine ganze mir fremde Welt lag, in die mich einzulassen er für unnötig hielt, und gerade das erfüllte mich mit größter Achtung vor ihm und zog mich zu ihm hin. Ich wußte von Katja und den Nachbarn, daß er außer den Sorgen um seine alte Mutter, mit der er zusammen wohnte, und außer seiner Landwirtschaft und seiner Stellung als unser Vormund noch irgendwelche Adelsangelegenheiten zu besorgen hatte, die ihm die größten Unannehmlichkeiten bereiteten; aber wie er über all das dachte, und was für Anschauungen, Pläne und Hoffnungen er hatte, darüber konnte ich nie etwas von ihm erfahren. Sobald ich das Gespräch auf seine Angelegenheiten brachte, runzelte er die Stirn auf seine besondere Art, als wollte er sagen: ›Lassen Sie doch bitte, was kümmert Sie das?‹ und begann von anderen Dingen zu sprechen. Anfangs kränkte mich das; aber dann gewöhnte ich mich so sehr daran, daß wir immer nur von Dingen sprachen, die mich selbst betrafen, daß ich es schließlich ganz natürlich fand.

Was mir anfangs auch nicht gefiel, mir aber dann im Gegenteil sehr angenehm wurde, war seine völlige Gleichgültigkeit, ja, fast Nichtachtung in bezug auf mein Äußeres. Er machte mir niemals, weder durch einen Blick noch durch ein Wort, eine Andeutung, daß ich schön sei; im Gegenteil, er runzelte die Stirn und lachte, wenn mich jemand in seiner Gegenwart hübsch nannte. Er liebte sogar, äußere Mängel an mir zu entdecken und mich damit zu necken. Modische Kleider und Frisuren, mit denen mich Katja gern bei festlichen Anlässen herausputzte, riefen nur seinen Spott hervor, der die gute Katja verletzte und anfangs auch mich irre machte. Katja, die im stillen zu der festen Ansicht gelangt war, daß ich ihm gefiel, konnte es gar nicht begreifen, wie man es nicht lieben konnte, daß die Frau, die einem gefiel, im vorteilhaftesten Licht zu erscheinen suchte. Ich hingegen begriff sehr bald, was er wollte. Er wollte daran glauben können, daß ich nicht kokett sei. Und als ich das gemerkt hatte, blieb in mir kein Schatten jener Koketterie übrig, die sich in Kleidern, Frisur und Bewegungen zeigt; aber dafür begann ich mit meiner Schlichtheit und Einfachheit zu kokettieren, zu einer Zeit, als ich es noch nicht verstand, wirklich einfach zu sein. Ich wußte, daß er mich liebte – ob aber als Kind oder als Weib, danach hatte ich mich noch nicht gefragt; ich schätzte diese Liebe sehr, und da ich fühlte, daß er mich für das beste Mädchen von der Welt hielt, mußte ich wünschen, daß er in diesem Irrtum verharren möchte. Und ich täuschte ihn unwillkürlich. Aber indem ich ihn täuschte, wurde ich selber besser. Ich fühlte, daß es besser und meiner würdiger war, ihm die besten Seiten meiner Seele, nicht aber meines Körpers zu zeigen. Mein Haar, meine Hände, mein Gesicht, meine Gewohnheiten, ob sie schön oder häßlich sein mochten, hatte er sofort bewertet und kannte sie so gut, daß ich meinem Äußeren nichts hinzufügen konnte, um ihn etwa zu täuschen. Meine Seele aber kannte er nicht, weil er sie liebte, weil sie geradezu zu jener Zeit wuchs und sich entwickelte, und auf diesem Gebiet konnte ich ihn täuschen und täuschte ihn auch wirklich. Und wie leicht wurde es mir, mit ihm zu verkehren, nachdem ich das klar erkannt hatte! Die grundlose Verlegenheit und das Gezwungene meines Benehmens verschwanden vollständig. Ich fühlte, daß er mich kannte und daß ich ihm gefiel, so wie ich war, ob er mich nun von vorn oder von der Seite, stehend oder sitzend, mit aufgestecktem oder nicht aufgestecktem Haar sah. Ich glaube, wenn er gegen seine Gewohnheit nach Art anderer Leute einmal zu mir gesagt hätte, mein Gesicht sei wunderschön, dann hätte mich das gar nicht gefreut. Aber wie freudig und hell wurde es in meiner Seele, wenn er mich nach irgendeiner Äußerung unverwandt ansah und mit bewegter Stimme, der er einen scherzhaften Ton zu geben versuchte, zu mir sagte:

»Ja, es steckt etwas in Ihnen. Sie sind ein prächtiges Mädchen, das muß ich Ihnen sagen!«

Und wofür erhielt ich damals solche Lobsprüche, die mein Herz mit Stolz und Freude erfüllten? Dafür, daß ich sagte, ich könnte dem alten Grigorij die Liebe zu seiner Enkelin gut nachfühlen, oder dafür, daß ein Gedicht oder ein Roman mich zu Tränen rührten, oder dafür, daß ich Mozart einem Komponisten wie Schulhoff vorzog. Und es erschien mir verwunderlich, mit welch einem ungewöhnlichen Instinkt ich damals immer erriet, was gut war und was man lieben mußte, obwohl ich damals entschieden noch nicht wußte, was gut war und was man lieben mußte. Ein großer Teil meiner früheren Gewohnheiten und Neigungen gefiel ihm nicht, aber er brauchte mir nur durch eine Bewegung der Augenbrauen, durch einen Blick zu zeigen, daß das, was ich sagen wollte, ihm mißfiel, er brauchte nur seine bedauernde, etwas verächtliche Miene aufzusetzen – und schon hatte ich das Gefühl, daß ich das, was ich früher geliebt hatte, nicht mehr liebte. Manchmal, wenn er dazu ansetzte, mir einen Rat zu erteilen, wußte ich schon, was er sagen würde. Er fragte mich etwas, sah mir dabei in die Augen, und sein Blick lockte aus mir den Gedanken heraus, den er wünschte. Alle meine damaligen Gedanken und Gefühle waren nicht meine, sondern seine Gedanken und Gefühle, die auf einmal die meinigen wurden, in mein Leben übergingen und es erleuchteten. Ganz ohne daß ich es selbst merkte, begann ich alles mit anderen Augen anzusehen: Katja, unsere Leute, Sonja, mich selbst und meine Beschäftigungen. Die Bücher, die ich früher nur gelesen hatte, um die Langeweile zu vertreiben, wurden plötzlich zu einer der größten Freuden meines Lebens, und zwar nur deshalb, weil ich mit ihm über die Bücher sprach, sie mit ihm zusammen las und er sie mir brachte. Früher war die Beschäftigung mit Sonja, der Unterricht, den ich ihr erteilte, eine schwere Pflicht für mich gewesen, die ich nur aus Verantwortungsbewußtsein erfüllt hatte; er war bei einer Unterrichtsstunde dabei – und plötzlich machte es mir Freude, Sonjas Fortschritte zu beobachten. Ein ganzes Musikstück auswendig zu lernen, schien mir früher ein Ding der Unmöglichkeit; jetzt aber, wo ich wußte, daß er mir zuhören und mich vielleicht loben werde, bekam ich es fertig, eine einzelne Passage vierzigmal hintereinander zu spielen, so daß die arme Katja sich Watte in die Ohren stopfte; mir aber war es ganz und gar nicht langweilig. Dieselben alten Sonaten bekamen jetzt eine ganz andere Abrundung und klangen weit besser. Sogar Katja, die ich kannte und liebte wie mich selbst, veränderte sich in meinen Augen. Erst jetzt begriff ich, daß sie überhaupt nicht verpflichtet war, uns Mutter, Freundin und Sklavin zu sein, wie sie es wirklich war. Ich verstand nun die ganze Selbstverleugnung und Hingabe dieses liebevollen Geschöpfes; ich begriff, wieviel ich ihr zu verdanken hatte, und gewann sie noch lieber als früher. Er war es auch, der mich lehrte, unsere Leute, die Bauern, die Gutsknechte und die Dienstmädchen, mit ganz anderen Augen anzusehen als früher. Es klingt lächerlich, aber ich hatte bis zu meinem siebzehnten Jahr inmitten dieser Leute gelebt und war ihnen fremder als Menschen, die ich nie gesehen hatte; ich hatte noch kein einziges Mal daran gedacht, daß diese Menschen ebenso liebten, wünschten und trauerten wie ich. Unser Garten, unsere Wälder und Felder, die ich so lange kannte, wurden plötzlich neu und schön für mich. Mit Recht sagte Sergej Michailowitsch, daß es im Leben nur *ein* unzweifelhaftes Glück gebe: für einen anderen zu leben. Das kam mir damals seltsam vor, und ich begriff es nicht; aber diese Überzeugung drang ohne Zutun meines Verstandes in mein Herz ein. Er erschloß mir ein ganzes Leben voller Freuden in der Gegenwart, ohne etwas in meinem Leben zu verändern, ohne jedem Eindruck etwas anderes hinzuzufügen als sich selbst. All das Stumme, Leblose, das mich seit meiner Kindheit umgab, wurde mit einem Mal lebendig. Er brauchte nur zu kommen, und alles begann zu reden und unablässig in meine Seele einzudringen und sie mit Glück zu füllen.

In diesem Sommer kam ich oft in mein Zimmer, legte mich aufs Bett, und statt der früheren Frühlingssehnsucht mit ihren Wünschen und Zukunftshoffnungen umfing mich die Unruhe des gegenwärtigen Glücks. Ich konnte nicht einschlafen, stand auf, setzte mich auf Katjas Bett und sagte ihr, ich sei vollkommen glücklich, was ich, wie ich mich jetzt erinnere, ihr gar nicht hätte zu sagen brauchen; denn sie konnte das selbst sehen. Und sie sagte mir, daß auch ihr nichts mangle und daß auch sie sehr glücklich sei, und küßte mich. Ich glaubte ihr; es schien mir so selbstverständlich und gerecht, daß alle Menschen glücklich seien. Aber es kam auch vor, daß Katja lieber schlafen wollte; dann jagte sie mich scheinbar ärgerlich von ihrem Bett weg und schlief ein; aber ich dachte noch lange an alles, was mich so glücklich machte. Manchmal stand ich auf und betete zum zweiten Mal, betete mit meinen eigenen Worten, um Gott für all das Glück zu danken, das er mir gegeben hatte.

Im Zimmer war es still; nur Katja atmete gleichmäßig im Schlaf, die Uhr tickte neben ihr, und ich drehte mich hin und her und flüsterte leise Worte oder bekreuzigte mich und küßte das Kreuz an meinem Hals. Die Tür war geschlossen, die Fensterläden zugemacht, eine Fliege oder Mücke summte an ein und demselben Fleck. Und ich wünschte, dieses Zimmerchen nie zu verlassen; ich wünschte nicht, daß der Morgen käme, wünschte nicht, daß die seelische Atmosphäre, die mich umgab, verwehte und verschwände. Es schien mir, als wären meine Träumereien, meine Gedanken und meine Gebete lebende Wesen, die hier in der Dunkelheit mit mir lebten, um mein Bett schwebten und sich über mich beugten. Und jeder Gedanke war sein Gedanke und jedes Gefühl sein Gefühl. Ich wußte damals noch nicht, daß das Liebe war; ich dachte, daß das immer so sein könnte und daß dieses Gefühl einem umsonst gegeben werde.

3

In der Erntezeit ging ich eines Tages mit Katja und Sonja nach dem Mittagessen in den Garten zu unserer Lieblingsbank im Schatten der Linden über der Schlucht, von wo aus man die Wälder und Felder überschauen konnte. Sergej Michailowitsch war schon drei Tage nicht bei uns gewesen, und wir erwarteten ihn an diesem Tag, zumal unser Verwalter gesagt hatte, Sergej Michailowitsch habe versprochen, aufs Feld zu kommen. Zwischen ein und zwei Uhr sahen wir, daß er auf das Roggenfeld geritten kam. Katja sah mich lächelnd an und ließ Pfirsiche und Kirschen bringen, die er sehr liebte, dann lehnte sie sich auf der Bank zurück und schlief ein. Ich riß einen krummen, flachen Lindenzweig mit saftigen Blättern und saftiger Rinde ab, die meine Hand näßte, und fächelte Katja Kühlung zu, während ich weiterlas und immer wieder aufschaute, um auf den Feldweg zu blicken, auf dem er kommen mußte. Sonja baute an den Wurzeln einer alten Linde eine Laube für ihre Puppen. Es war ein heißer, windstiller, schwüler Tag; dicke, schwarze Wolken hatten sich zusammengezogen, und schon vom Morgen an hatte sich ein Gewitter zusammengebraut; ich war erregt wie immer vor einem Gewitter. Aber nach der Mittagszeit lösten sich die Wolken an den Rändern auf, die Sonne erschien am klaren Himmel, nur auf einer Seite donnerte es leise, und die schwere Wolke am Horizont, die mit dem Staub auf den Feldern zusammenfloß, wurde ab und zu bis zur Erde herab von dem blassen Zickzack der Blitze durchschnitten. Es war sicher, daß sich das Gewitter an diesem Tag verziehen würde, wenigstens bei uns. Auf dem breiten Weg, der hinter dem Garten streckenweise zu sehen war, zogen ununterbrochen die knarrenden, hoch mit Garben beladenen Wagen vorbei, und leere Fuhrwerke ratterten ihnen entgegen, so schnell, daß die Beine der Fahrer

zitterten und ihre Hemden sich blähten. Der dichte Staub wurde nicht weggeweht und legte sich nicht, sondern blieb hinter dem geflochtenen Zaun zwischen dem durchsichtigen Laub der Bäume stehen. Weiter weg, auf der Tenne, erschollen dieselben Stimmen und dasselbe Räderknarren, und dieselben gelben Garben, die sich langsam an dem Zaun vorbeibewegt hatten, flogen dort durch die Luft, und vor meinen Augen wuchsen ovale Bauwerke mit spitzen Dächern empor, auf denen sich die Bauern geschäftig bewegten. Auf dem staubigen Feld im Vordergrund bewegten sich ebenfalls Wagen und waren ebenfalls gelbe Garben zu sehen, und auch von dort klang der Lärm der Wagen und der Ton von Stimmen und Liedern herüber. Auf der einen Seite wurde das Stoppelfeld immer größer, und die mit Wermut bewachsenen Raine traten immer deutlicher hervor. Unten, weiter rechts, sah ich auf einem scheinbar unordentlich abgemähten Feld die bunten Kleider der Frauen, die sich bückten und flink die Arme bewegten, und das unordentliche Feld wurde sauber, überall wurden schöne Garben aufgestellt. Es war, als hätte sich der Sommer vor meinen Augen plötzlich in den Herbst verwandelt. Überall war Staub und Hitze, mit Ausnahme unseres Lieblingsplätzchens im Garten. An allen Ecken und Enden redete, lärmte und tummelte sich das arbeitende Volk in diesem Staub und in dieser schwülen Hitze unter der glühenden Sonne.

Katja aber schnarchte auf unserer kühlen Bank so wonnig unter ihrem weißen, batistenen Taschentuch, und die schwarzen Kirschen glänzten so saftig auf dem

Teller, und unsere Kleider waren so frisch und rein, und das Wasser in der Karaffe spielte an der Sonne so hell in allen Farben des Regenbogens, und mir war so wohl zumute. ›Was ist zu machen?‹ dachte ich; ›was kann ich dafür, daß ich glücklich bin? Aber wie kann ich mein Glück mit anderen teilen? Wie und wem kann ich mich selber und all mein Glück hingeben . . .?‹

Die Sonne versank schon hinter den Wipfeln der Birkenallee, der Staub senkte sich auf das Feld, im Licht der schrägen Sonnenstrahlen war die Ferne klarer und deutlicher sichtbar, die Gewitterwolken hatten sich verzogen, hinter den Bäumen sah man auf der Tenne die Dächer von drei neuen Getreideschobern, von denen die Bauern herunterstiegen; unter lauten Zurufen polterten die Wagen anscheinend zum letzten Male vorüber; die Weiber mit den Harken über der Schulter und den Garbenbändern am Gürtel zogen laut singend nach Hause, aber Sergej Michailowitsch war immer noch nicht da, obwohl ich ihn schon vor längerer Zeit hatte den Hang hinunterreiten sehen. Plötzlich erschien seine Gestalt in der Allee von der Seite, von der ich ihn gar nicht erwartet hatte (er hatte die Schlucht umgangen). Mit fröhlichem, strahlendem Gesicht, den Hut in der Hand, kam er schnellen Schrittes auf mich zu. Als er sah, daß Katja schlief, biß er sich auf die Lippe, kniff die Augen zusammen und ging auf Zehenspitzen; ich merkte sofort, daß er in jener grundlos heiteren Stimmung war, die ich so sehr an ihm liebte und die wir das ›wilde Entzücken‹ nannten. Er war wie ein Schuljunge, der den Unterricht geschwänzt hat; sein ganzes Wesen, vom Kopf bis zu den Füßen, atmete Zufriedenheit, Glück und kindliche Ausgelassenheit.

»Na, guten Tag, Sie junges Veilchen! Wie geht es Ihnen? Gut?« sagte er flüsternd, indem er zu mir herantrat und mir die Hand drückte. – »Mir geht es ausgezeichnet«, antwortete er auf meine Frage; »ich bin heute dreizehn Jahre alt und möchte Pferdchen spielen und auf die Bäume klettern.«

»In wildem Entzücken?« fragte ich, blickte in seine lachenden Augen und fühlte, daß sich dieses wilde Entzücken auch mir mitteilte.

»Ja«, antwortete er, mit dem einen Auge blinzelnd und ein Lächeln unterdrückend. »Aber warum schlagen sie denn Katerina Karlowna auf die Nase?«

Ich hatte, während ich ihn ansah und mit dem Zweig wedelte, gar nicht bemerkt, daß ich das Taschentuch von Katjas Gesicht abgestreift hatte und ihr nun mit den Blättern über die Haut fuhr. Ich lachte.

»Sie wird behaupten, sie hätte gar nicht geschlafen«, sagte ich flüsternd, wie wenn ich sie nicht aufwecken wollte; aber der Grund war ein anderer: es machte mir einfach Vergnügen, im Flüsterton mit ihm zu reden.

Er bewegte, mir nachäffend, die Lippen, als spräche ich so leise, daß nichts zu hören sei. Als er den Teller mit den Kirschen sah, nahm er ihn wie verstohlen, ging zu Sonja unter die Linde und setzte sich auf ihre Puppen. Sonja wurde zuerst böse; aber er versöhnte sie sehr bald, indem er ein Spiel erfand, bei dem er mit ihr um die Wette Kirschen essen mußte.

»Soll ich noch mehr bringen lassen«, fragte ich, »oder wollen wir selbst hingehen?«

Er nahm den Teller, setzte die Puppen darauf, und wir gingen alle drei zum Kirschgarten. Sonja lief lachend hinter uns her, zupfte ihn am Rock und bat ihn, er möchte ihr die Puppen wiedergeben. Er gab sie ihr und wandte sich mit ernster Miene zu mir.

»Na, und Sie wollen kein Veilchen sein?« sagte er immer noch leise zu mir, obwohl er nicht mehr zu befürchten brauchte, jemand aufzuwecken. »Kaum war ich nach all dem Staub, der Hitze und Arbeit in Ihre Nähe gekommen, da duftete es nach Veilchen. Nicht nach einem wohlriechenden Veilchen, wissen Sie, sondern nach dem ersten, dunklen Veilchen, das nach getautem Schnee und Frühlingsgras riecht.«

»Nun, und wie stehts? Geht alles gut in der Wirtschaft?« fragte ich, um die frohe Verwirrung zu verbergen, die seine Worte bei mir hervorgerufen hatten.

»Ausgezeichnet! Dieses Volk ist überall ausgezeichnet! Je besser man es kennenlernt, desto mehr liebt man es.«

»Ja«, sagte ich, »bevor Sie kamen, habe ich vom Garten aus den Leuten bei der Arbeit zugesehen, und plötzlich fühlte ich mich beschämt, weil diese Leute sich so abplagen, während ich es so gut habe, daß ich . . .«

»Kokettieren Sie damit nicht, liebe Freundin«, unterbrach er mich plötzlich und sah mir ernst, aber doch freundlich in die Augen, »das ist eine heilige Sache. Bewahre Sie Gott davor, damit großzutun.«

»Aber ich sage es ja nur Ihnen.«

»Na ja, ich weiß. Na, wie ist es mit den Kirschen?«

Der Kirschgarten war verschlossen, und von den

Gärtnern war niemand da (er hatte sie alle zu verschiedenen Arbeiten weggeschickt). Sonja lief den Schlüssel holen; aber er wartete ihre Rückkehr nicht ab, sondern stieg an einer Ecke hinauf, hob das Netz in die Höhe und sprang nach der anderen Seite hinunter.

»Wenn Sie Kirschen wollen«, hörte ich ihn von dort rufen, »dann geben Sie mir den Teller!«

»Nein, ich will selber welche pflücken, ich hole den Schlüssel«, sagte ich, »Sonja wird ihn nicht finden.«

Aber im selben Augenblick hatte ich das Verlangen zu sehen, was er dort machte, wie er aussah und wie er sich bewegte, wenn er sich unbeobachtet glaubte. Ich wollte ihn damals einfach keinen Augenblick aus den Augen verlieren. Ich lief auf den Zehenspitzen durch die Nesseln um den Kirschgarten herum auf die andere Seite, wo es niedriger war, stieg auf ein leeres Faß, so daß mir die Mauer kaum bis an die Brust reichte, und beugte mich hinüber. Ich überschaute das Innere des Obstgartens mit seinen alten, verkrümmten Bäumen und ihren gezähnten, breiten Blättern, aus denen die schwarzen, saftigen Kirschen schwer und gerade herunterhingen; ich steckte den Kopf unter den Drahtzaun und sah Sergej Michailowitsch unter dem knorrigen Ast eines alten Kirschbaums. Er glaubte gewiß, daß ich weggegangen sei und daß ihn niemand sehe. Er saß ohne Hut mit geschlossenen Augen auf dem Stumpf eines alten Kirschbaums und drehte ein Stückchen Harz sorgsam zu einem Kügelchen zusammen. Plötzlich zuckte er die Achseln, öffnete die Augen, sagte etwas und lächelte. Dieses Wort und dieses Lächeln sahen ihm so wenig ähnlich, daß ich mich schämte ihn zu belauschen. Es schien mir, daß dieses Wort ›Mascha!‹ gelautet hatte. ›Das ist nicht möglich!‹ dachte ich. »Liebe Mascha!« sagte er noch einmal, noch leiser und noch zärtlicher. Aber nun hatte ich diese beiden Worte deutlich gehört. Mein Herz begann heftig zu schlagen, ich wurde von einer so erregenden, gleichsam verbotenen Freude erfaßt, daß ich mich mit den Händen an der Mauer festhalten mußte, um nicht herunterzufallen und mich zu verraten. Er hatte meine Bewegung gehört, wandte sich erschrocken um, schlug die Augen nieder und errötete wie ein kleines Kind. Er wollte etwas zu mir sagen, war aber nicht dazu imstande, und sein Gesicht erglühte immer heftiger. Aber dann sah er mich an und lächelte. Ich lächelte auch. Sein ganzes Gesicht strahlte vor Freude. Das war nicht mehr der alte Onkel, der mich liebkoste und belehrte, das war ein Mann, der mit mir auf der gleichen Stufe stand, ein Mann, der mich liebte und scheute, und den ich scheute und liebte. Wir sagten nichts und sahen einander nur an. Aber auf einmal machte er ein finsteres Gesicht; sein Lächeln und der Glanz seiner Augen waren verschwunden, und er wandte sich in kühlem, wieder väterlichen Ton an mich, als hätten wir etwas Böses getan, als hätte er sich besonnen und riete auch mir, mich zu besinnen.

»Steigen Sie herunter, Sie werden sich weh tun«, sagte er. »Und bringen Sie Ihre Haare in Ordnung, schauen Sie, wie Sie aussehen!«

›Warum verstellt er sich? Warum will er mir weh tun?‹ dachte ich ärgerlich. Und in demselben Augenblick überkam mich ein unwiderstehliches Verlangen, ihn noch einmal in Verwirrung zu bringen und meine Macht über ihn zu erproben.

»Nein, ich will selber Kirschen pflücken«, sagte ich, faßte mit den Händen nach dem nächsten Ast und sprang mit den Füßen auf die Mauer. Noch ehe er mich stützen konnte, war ich bereits in den Garten hinuntergesprungen.

»Was machen Sie für Dummheiten!« sagte er, indem er von neuem errötete und seine Verlegenheit unter einer ärgerlichen Miene zu verbergen suchte. »Sie konnten sich ja Schaden tun. Und wie wollen Sie von hier hinauskommen?«

Er war noch verlegener als vorher, aber jetzt machte mir diese Verlegenheit keine Freude mehr, sondern erschreckte mich. Sie teilte sich mir mit, ich errötete, wich seinem Blick aus, wußte nicht, was ich sagen sollte, und begann Kirschen zu pflücken, hatte aber nichts, wohin ich sie legen konnte. Ich machte mir Vorwürfe, ich empfand Reue, ich hatte Angst und meinte, daß ich mich durch dieses Benehmen in seinen Augen für alle Zeit zugrunde gerichtet hätte. Wir schwiegen beide und fühlten uns beide unbehaglich. Sonja, die mit dem Schlüssel herbeigelaufen kam, befreite uns aus dieser peinlichen Lage. Wir sprachen noch eine ganze Weile nicht miteinander und wandten uns beide an Sonja. Als wir zu Katja zurückgekehrt waren, die uns versicherte, daß sie nicht geschlafen und alles gehört habe, beruhigte ich mich, und er versuchte seinen gönnerhaften, väterlichen Ton wiederzufinden; aber es gelang ihm nicht mehr, und er täuschte mich nicht. Ich erinnerte mich nun lebhaft an ein Gespräch, das einige Tage vorher zwischen uns stattgefunden hatte. Katja hatte davon gesprochen, daß es für einen Mann leichter sei zu lieben und seine Liebe auszudrücken als für eine Frau. »Ein Mann kann sagen, daß er liebt, aber eine Frau nicht«, hatte sie gesagt.

»Aber mir scheint, daß auch ein Mann nicht sagen kann und darf, daß er liebt«, hatte er erwidert.

»Warum nicht?« hatte ich gefragt.

»Weil das immer eine Lüge sein wird. Was ist das für eine großartige Offenbarung, daß jemand liebt? Als ob, sobald er das sagt, irgend etwas zuklappt: schnapp – er liebt! Als ob, sobald er diese Worte ausgesprochen hat, etwas Ungewöhnliches, irgendein Wunder geschehen und aus allen Kanonen zugleich gefeuert werden müßte. Mir scheint«, hatte er hinzugefügt, »daß Leute, die diese Worte: ›Ich liebe Sie‹ feierlich aussprechen, entweder sich selbst oder, was noch schlimmer ist, andere täuschen.«

»Wie soll denn aber eine Frau erkennen, daß sie geliebt wird, wenn man es ihr nicht sagt?« hatte Katja gefragt.

»Das weiß ich nicht«, hatte er geantwortet; »jeder Mensch hat seine eigene Art zu reden. Wenn aber ein Gefühl da ist, so wird es sich auch ausdrücken. Wenn ich Romane lese, stelle ich mir immer vor, was für ein verblüfftes Gesicht der Leutnant Strelskij oder Alfred wahrscheinlich macht, wenn er sagt: ›Ich liebe dich, Eleonora!‹ und glaubt, daß plötzlich etwas Ungewöhnliches geschehen muß; aber es geschieht nichts, weder bei ihr noch bei ihm, Augen und Nasen bleiben dieselben, und alles ist dasselbe.«

Ich hatte schon damals in dem Scherz etwas Ernstes gefühlt, das sich auf mich bezog, aber Katja ließ es nicht zu, daß er mit den Romanhelden so leichtfertig verfuhr.

»Immer Paradoxa!« hatte sie geantwortet. »Sagen Sie doch einmal wahrheitsgemäß: haben Sie selbst denn niemals zu einer Frau gesagt, daß Sie sie lieben?«

»Nein, niemals, und ich bin auch niemals vor einer aufs Knie gefallen«, hatte er lachend erwidert. »Und ich werde es auch niemals tun.«

›Er braucht mir ja nicht zu sagen, daß er mich liebt‹, dachte ich jetzt, während ich mich sehr lebhaft an das Gespräch erinnerte. ›Er liebt mich, das weiß ich. Und alle seine Bemühungen, gleichgültig zu scheinen, können mich nicht von dieser Überzeugung abbringen.‹

Diesen ganzen Abend sprach er nur wenig mit mir, aber in jedem Wort, das er zu Katja und Sonja sagte, in jeder seiner Bewegungen, in jedem Blick sah ich die Liebe und zweifelte nicht an ihr. Aber es ärgerte mich und tat mir leid, daß er es noch für nötig hielt, Versteck zu spielen und Kälte zu heucheln, wo alles schon so klar war und wo man so leicht und einfach so unaussprechlich glücklich sein konnte. Aber es quälte mich wie ein Verbrechen, daß ich zu ihm in den Obstgarten gesprungen war. Ich hatte das Gefühl, daß er mich deshalb nicht mehr achte und mir böse sei.

Nach dem Tee ging ich zum Klavier, und er folgte mir.

»Spielen Sie etwas; ich habe Sie lange nicht gehört«, sagte er, als er mich im Saal einholte.

»Das wollte ich auch ... Sergej Michailowitsch«,

antwortete ich und sah ihm plötzlich in die Augen. »Sie sind mir nicht böse?«

»Warum?« fragte er.

»Weil ich heute nachmittag nicht auf Sie gehört habe«, sagte ich errötend.

Er verstand mich, schüttelte den Kopf und lächelte. Sein Blick sagte, daß er mich eigentlich schelten müßte, aber nicht die Kraft dazu habe.

»Es ist also abgetan, wir sind wieder Freunde«, sagte ich und setzte mich ans Klavier.

»Natürlich«, antwortete er.

In dem großen, hohen Saal brannten nur die beiden Kerzen auf dem Klavier, der ganze übrige Raum war halb dunkel. Durch die geöffneten Fenster sah die helle Sommernacht herein. Alles war still; nur Katjas Schritte knarrten ab und zu im dunklen Salon, und sein Pferd, das unter dem Fenster angebunden war, schnaubte und schlug mit dem Huf nach den Kletten. Er saß hinter mir, so daß ich ihn nicht sehen konnte; aber überall im Halbdunkel dieses Zimmers, in den Tönen, in mir selbst fühlte ich seine Gegenwart. Jeder seiner Blicke, jede seiner Bewegungen, die ich nicht sah, fanden einen Widerhall in meinem Herzen. Ich spielte die Sonate ›Quasi una fantasia‹ von Mozart, die er mir mitgebracht und die ich in seinem Beisein und für ihn eingeübt hatte. Ich dachte überhaupt nicht an das, was ich spielte; aber ich glaube, ich spielte gut, und ich hatte den Eindruck, daß es ihm gefiel. Ich fühlte den Genuß, den er empfand, und ohne ihn anzusehen, fühlte ich den Blick, den er auf mich richtete. Die Finger unbewußt weiterbewegend, sah ich mich unwillkürlich nach ihm um. Sein Kopf hob sich von dem hellen Hintergrund der Nacht ab. Er saß da, den Kopf in die Hände gestützt, und sah mich unverwandt mit leuchtenden Augen an. Ich lächelte, als ich diesen Blick sah, und hörte auf zu spielen. Er lächelte ebenfalls und wies vorwurfsvoll mit dem Kopf nach den Noten hin, damit ich weiterspielte. Als ich endete, stand der helle Mond schon ganz hoch, und außer dem schwachen Licht der Kerzen drang nun ein anderer, silberner Schein ins Zimmer und fiel auf den Fußboden. Katja sagte, das sei keine Art, daß ich an der schönsten Stelle aufgehört hätte, und ich hätte schlecht gespielt, aber er entgegnete, ich hätte im Gegenteil noch nie so gut gespielt wie diesmal, und begann in den Zimmern auf und ab zu gehen, durch den Saal in den dunklen Salon und wieder in den Saal, wobei er sich jedesmal nach mir umsah und lächelte. Auch ich lächelte und hatte sogar die größte Lust, ohne jeden Anlaß zu lachen, so freute ich mich über etwas, das heute, eben erst, geschehen war.

Sobald er hinter der Tür verschwunden war, umarmte ich Katja, mit der ich am Klavier stand, und begann sie auf meine Lieblingsstelle zu küssen, auf den vollen Hals unter dem Kinn; aber als er zurückkehrte, versuchte ich ein ernstes Gesicht zu machen und konnte nur mit Mühe das Lachen unterdrücken.

»Was ist nur heute mit ihr vorgegangen?« fragte ihn Katja.

Aber er gab ihr keine Antwort und lächelte mir nur ein wenig spöttisch zu. Er wußte, was mit mir vorgegangen war.

»Sehen Sie nur, was für eine Nacht!« rief er aus dem Salon und blieb vor der offenen Balkontür stehen.

Wir gingen zu ihm und wirklich: es war eine Nacht, wie ich sie später nie wieder gesehen habe. Der Vollmond stand über dem Haus in unserem Rücken, so daß er nicht zu sehen war, und der halbe Schatten des Daches, der Pfeiler und der Markise über der Veranda lag schräg en raccourci auf dem sandigen Weg und auf dem runden Rasen. Alles übrige war hell und von dem Silberglanz des Taus und des Mondlichts übergossen. Der breite, blumengesäumte, mit glitzerndem Kies bestreute Weg, auf dessen eine Seite die schrägen Schatten der Georginen und der Stützstäbe fielen, führte hell und kühl in die Ferne und verlor sich im Nebel. Hinter den Bäumen schimmerte das Dach des Gewächshauses, und aus der Schlucht stieg dichter Nebel auf. Die schon etwas kahlen Fliederbüsche waren bis ins Gezweig hinein ganz hell. Man konnte jede einzelne taufeuchte Blume deutlich erkennen. In den Alleen flossen Schatten und Licht so zusammen, daß die Alleen nicht Bäume und Wege zu sein schienen, sondern durchsichtige, schwankende und zitternde Häuser. Rechts im Schatten des Hauses war alles schwarz und furchtbar und nichts zu erkennen. Doch um so heller hob sich aus dieser Finsternis der wunderlich verzweigte Wipfel einer Pappel ab, der in das helle Licht hineinragte und seltsamerweise ganz nahe am Haus blieb, statt in die Ferne, zu dem hohen, bläulichen Himmel, zu fliegen.

»Wollen wir nicht ein bißchen spazierengehen?« sagte ich.

Katja war damit einverstanden, sagte aber, ich solle Überschuhe anziehen.

»Das ist nicht nötig, Katja«, erwiderte ich. »Sergej Michailowitsch wird mir seinen Arm geben.«

Als ob das hätte verhindern können, daß ich nasse Füße bekam! Aber damals war es uns allen dreien begreiflich und kam uns gar nicht sonderbar vor. Er hatte mir bisher noch nie seinen Arm gegeben; aber jetzt nahm ich ihn selbst, und er fand das nicht seltsam. Wir stiegen alle drei von der Veranda hinunter. Diese ganze Welt, dieser Himmel, dieser Garten, diese Luft waren anders, als ich sie kannte.

Wenn ich in einer Allee, die wir entlanggingen, nach vorn blickte, schien es mir immer, daß wir nicht weitergehen könnten, daß dort die Welt des Möglichen ein Ende hätte, daß dort alles für immer in seiner Schönheit gefesselt bleiben müßte. Aber als wir näher kamen, tat sich die Zauberwand der Schönheit auf und ließ uns ein, und auch dort waren, wie es schien, der uns vertraute Garten, die Bäume, die Wege, das trockene Laub. Und wir gingen wirklich auf den Wegen, traten auf die Kreise von Licht und Schatten, ein dürres Blatt raschelte wirklich unter unseren Füßen, und ein frischer Zweig streifte mein Gesicht. Und das war wirklich er, der gleichmäßig und langsam neben mir ging und sorgsam meinen Arm hielt, und das war wirklich Katja, die mit leise knarrenden Schuhen neben uns ging. Und das mußte der Mond am Himmel sein, der durch die regungslosen Zweige auf uns herabschien . . .

Aber mit jedem Schritt schloß sich wieder die Zauberwand hinter uns und vor uns, und ich hörte auf, daran zu glauben, daß man noch weitergehen könnte, ich hörte auf, an alles zu glauben, was war.

»Ach, ein Frosch!« rief Katja.

›Wer sagt das und warum?‹ dachte ich. Aber dann fiel mir ein, daß es Katja war, daß sie sich vor Fröschen fürchtete, und ich blickte vor meine Füße. Da hüpfte ein kleiner Frosch und blieb dann regungslos vor mir sitzen, und sein kleiner Schatten war auf dem hellen Lehm des Weges zu sehen.

»Aber Sie, Sie fürchten sich doch nicht?« sagte er.

Ich wandte mich zu ihm hin. An der Stelle, wo wir gerade gingen, fehlte eine Linde in der Allee, so daß ich sein Gesicht deutlich sehen konnte. Es war so schön und glücklich . . .

Er sagte: »Sie fürchten sich doch nicht?« aber ich hörte ihn sagen: ›Ich liebe dich, liebes Mädchen!‹ – ›Ich liebe dich, ich liebe dich!‹ wiederholte sein Blick und seine Hand; und das Licht und der Schatten und die Luft, alles wiederholte diese Worte.

Wir gingen durch den ganzen Garten, Katja trippelte mit ihren kleinen Schritten neben uns her und atmete schwer vor Müdigkeit. Schließlich sagte sie, es sei Zeit, ins Haus zurückzukehren, und sie tat mir leid, tat mir herzlich leid, die Arme. ›Warum fühlt sie nicht dasselbe wie wir?‹ dachte ich. ›Warum sind nicht alle Menschen jung, nicht alle glücklich wie diese Nacht und wie ich und er?‹

Wir kehrten ins Haus zurück; aber er ritt noch nicht fort, sondern blieb noch lange da, obwohl die Hähne schon krähten und alle im Haus schliefen und sein

Pferd unter dem Fenster immer häufiger ungeduldig schnaubte und mit dem Huf nach den Kletten schlug. Katja erinnerte uns nicht daran, daß es schon spät sei, und so blieben wir denn, ohne es zu merken, bis drei Uhr morgens sitzen und redeten von den unbedeutendsten Dingen. Die Hähne krähten schon zum dritten Mal, und die Morgenröte zeigte sich am Himmel, als er wegritt. Er verabschiedete sich wie gewöhnlich, ohne etwas Besonderes zu sagen; aber ich wußte, daß er von diesem Tag an der meine sei und ich ihn nicht mehr verlieren würde. Sobald ich mir selbst gestanden hatte, daß ich ihn liebte, erzählte ich auch Katja alles. Sie war erfreut und gerührt darüber, daß ich es ihr erzählt hatte, aber die Arme konnte in dieser Nacht trotzdem schlafen, während ich noch lange auf der Veranda auf und ab ging, in den Garten hinunterstieg, in den Alleen umherwanderte, durch die ich mit ihm gegangen war, und mich an jedes Wort, an jede Bewegung erinnerte. Ich schlief in dieser ganzen Nacht nicht und sah zum ersten Mal in meinem Leben den Sonnenaufgang und den frühen Morgen. Eine solche Nacht und einen solchen Morgen habe ich nie wieder erlebt. ›Aber warum sagt er mir nicht einfach, daß er mich liebt?‹ dachte ich. ›Warum denkt er sich solche Schwierigkeiten aus und nennt sich einen alten Mann, während doch alles so einfach und schön ist? Warum verliert er die goldene Zeit, die vielleicht nie mehr wiederkehrt? Mag er mir doch sagen: ›Ich liebe dich‹, mag er doch mit seiner Hand die meine nehmen, den Kopf darüberbeugen und sagen: ›Ich liebe dich‹, mag er erröten und die Augen vor mir niederschlagen, damit will ich ihm selbst alles sagen. Nein, ich werde es ihm nicht sagen, ich werde ihn umarmen, mich an ihn schmiegen und in Tränen ausbrechen. ›Wie aber, wenn ich mich irre und wenn er mich nicht liebt?‹ ging es mir plötzlich durch den Kopf.

Ich erschrak vor meinem Gefühl; Gott weiß, wohin es mich führen konnte; ich dachte an seine und meine Verlegenheit im Kirschgarten, als ich zu ihm hinuntergesprungen war, und mir wurde schwer, ganz schwer ums Herz. Die Tränen strömten mir aus den Augen, ich fing an zu beten. Und da kam mir ein seltsamer Gedanke, der mich beruhigte, und eine Hoffnung regte sich in mir. Ich beschloß, mich durch Fasten und Kirchenbesuch zum Abendmahl vorzubereiten, an meinem Geburtstag das Abendmahl zu nehmen und am selben Tag seine Braut zu werden.

Weshalb? Warum? Wie konnte das geschehen? Ich wußte es nicht, aber ich glaubte von diesem Augenblick an ganz fest daran und wußte, daß es so kommen werde. Es war schon ganz hell geworden, und unsere Leute begannen aufzustehen, als ich endlich in mein Zimmer zurückkehrte.

4

Es war während der Fasten zur Mariä Himmelfahrt, und deshalb war niemand zu Hause erstaunt über meine Absicht, in dieser Zeit zum Abendmahl zu gehen.

Er kam diese ganze Woche kein einziges Mal zu uns,

und ich wunderte mich nicht, beunruhigte mich nicht und war ihm auch nicht böse – im Gegenteil, ich freute mich, daß er nicht kam, und erwartete ihn erst zu meinem Geburtstag. In dieser Woche stand ich jeden Tag früh auf und ging, während der Wagen für mich angespannt wurde, allein im Garten spazieren, überdachte die Sünden des vergangenen Tages und überlegte, was ich heute tun müßte, um mit meinem Tag zufrieden zu sein und keine Sünde zu begehen. Damals schien es mir so leicht, vollkommen sündlos zu sein.

Ich meinte, man brauche sich nur ein klein bißchen Mühe zu geben. Der leichte Wagen fuhr vor; ich stieg mit Katja oder einem der Dienstmädchen ein, und wir fuhren nach der drei Werst entfernten Kirche. Wenn ich in die Kirche kam, erinnerte ich mich jedesmal daran, daß für alle gebetet wird, ›die in der Furcht Gottes eintreten‹, und bemühte mich, gerade mit diesem Gefühl die beiden grasbewachsenen Stufen zur Vorhalle hinaufzusteigen. In der Kirche waren zu dieser Zeit nicht mehr als ungefähr zehn Menschen, Bauernfrauen und Gutsleute, die sich zum Abendmahl vorbereiteten; ich gab mir Mühe, ihre Verbeugungen mit geflissentlicher Demut zu erwidern, und ging – was mir als eine besondere Großtat erschien – persönlich zu dem Kerzenkasten, kaufte Kerzen bei dem Kirchenältesten, einem alten Soldaten, und stellte sie auf. Durch die Königspforte sah man die Altardecke, die meine Mutter gestickt hatte, über dem Ikonostas standen zwei hölzerne Engel mit Sternen, die mir immer so groß vorgekommen waren, als ich noch klein war, und dort schwebte auch eine Taube mit einem gelben Heiligenschein, die mich damals sehr interessiert hatte. Hinter dem Chor sah man das verbeulte Taufbecken, über dem ich schon oft Kinder unserer Gutsleute aus der Taufe gehoben hatte und über dem auch ich getauft worden war. Der alte Geistliche trug ein Meßgewand, das aus der Sargdecke meines Vaters verfertigt war, und sang die Liturgie mit derselben Stimme, mit der er, solange ich mich erinnern kann, den Gottesdienst in unserem Hause gehalten hatte: Sonjas Taufe und die Seelenmessen für meinen Vater und die Totenmesse für meine Mutter. Und auf dem Chor ertönte dieselbe zittrige Stimme des Küsters, und dieselbe alte Frau, die ich bei jedem Gottesdienst in der Kirche gesehen hatte, stand zusammengekrümmt an der Wand, blickte mit tränenden Augen auf das Heiligenbild im Chor, drückte die gefalteten Hände an das verblichene Kopftuch und murmelte etwas mit zahnlosem Mund. Und das alles war mir nicht nur wegen meiner Erinnerungen interessant und nahe – es war jetzt in meinen Augen etwas Großes und Heiliges und von einem tiefen Sinn erfüllt. Ich lauschte auf jedes Wort der Gebete, ich bemühte mich, mit dem Gefühl darauf zu antworten, und wenn ich etwas nicht verstand, bat ich Gott in Gedanken, mich zu erleuchten, oder ich erdachte mir an Stelle des nicht verstandenen Gebets ein eigenes. Wenn die Bußgebete verlesen wurden, erinnerte ich mich an meine Vergangenheit, und diese kindliche, unschuldige Vergangenheit erschien mir so schwarz im Vergleich zu dem klaren, lichten Zustand meiner Seele, daß ich weinte und über mich selbst erschrak; aber gleichzeitig fühlte ich, daß mir das alles vergeben würde und daß die Reue noch süßer wäre, wenn ich noch mehr Sünden begangen hätte. Wenn der Geistliche am Schluß des Gottesdienstes sagte: »Der Segen des Herrn komme auf euch«, meinte ich sofort ein Gefühl von körperlichem Wohlbefinden zu spüren, als ob plötzlich Licht und Wärme in mein Herz gedrungen wären. Nach dem Gottesdienst kam der Geistliche zu mir heraus und fragte, ob und wann er zu uns kommen solle, um die Abendmesse zu lesen; aber ich dankte ihm gerührt für das, war er meiner Meinung nach für mich tun wollte, und sagte, ich würde selbst zu Fuß oder mit dem Wagen in die Kirche kommen.

»Wollen Sie sich selber bemühen?« fragte er.

Und ich wußte nicht, was ich antworten sollte, um nicht die Sünde des Hochmuts zu begehen.

Wenn Katja mich nicht begleitete, schickte ich nach dem Mittagsgottesdienst immer den Wagen nach Hause und ging allein zu Fuß zurück. Tief und demütig verbeugte ich mich vor allen, die mir begegneten, und suchte nach einer Gelegenheit, zu raten, zu helfen, jemand ein Opfer zu bringen, eine umgestürzte Fuhre aufheben zu helfen, ein Kind zu wiegen, jemandem auszuweichen und dabei selbst in den Schmutz zu treten. Eines Abends hörte ich, wie der Verwalter Katja Bericht erstattete und sagte, der Bauer Semjon sei dagewesen und habe um Bretter für den Sarg seiner Tochter und um einen Rubel für die Seelenmesse gebeten, und er habe ihm beides gegeben. »Sind sie denn so arm?« fragte ich. »Ja, sehr arm, gnädiges Fräulein, sie haben nicht einmal Salz«, antwortete der Verwalter.

Mein Herz krampfte sich zusammen, und gleichzeitig freute ich mich, als ich das hörte. Ich sagte zu Katja, ich wolle spazierengehen, lief nach oben, nahm mein ganzes Geld (es war sehr wenig, aber alles, was ich hatte), bekreuzigte mich und ging allein über die Veranda und durch den Garten ins Dorf zu Semjons Hütte. Sie stand am Rande des Dorfes; von niemand gesehen, trat ich ans Fenster, legte das Geld hin und klopfte an die Scheiben. Jemand öffnete die knarrende Haustür, kam heraus und rief mich an; zitternd und ganz kalt vor Angst lief ich wie eine Verbrecherin nach Hause. Katja fragte mich, wo ich gewesen sei und was ich hätte; aber ich verstand nicht einmal, was sie zu mir sagte, und gab ihr keine Antwort. Alles erschien mir auf einmal so nichtig und kleinlich. Ich schloß mich in meinem Zimmer ein und ging lange Zeit allein auf und ab, unfähig, etwas zu tun oder zu denken, und unfähig, mir über mein Gefühl Rechenschaft zu geben. Ich dachte an die Freude der ganzen Familie, an die Worte, die sie von dem sagen würden, der das Geld hingelegt hatte, und ich fing an zu bedauern, daß ich ihnen das Geld nicht selbst gegeben hatte. Ich dachte auch daran, was wohl Sergej Michailowitsch sagen würde, wenn er von dieser Handlung erführe, und freute mich darüber, daß nie jemand etwas davon erfahren würde. Und in mir war eine solche Freude, und alle, auch ich selbst, erschienen mir so schlecht, und ich sah mich und alle anderen so bescheiden an, daß mir der Gedanke an den Tod kam, als wäre er ein Traum vom Glück. Ich lächelte und betete und weinte und liebte in diesem Augenblick alle Menschen auf der Welt und mich selbst mit leidenschaftlicher Glut. In den Zeiten zwischen meinen Kirchenbesuchen las ich das Evangelium, und dieses Buch wurde mir immer verständlicher, die Geschichte dieses göttlichen Lebens erschien mir rührender und einfacher und die Tiefe des Fühlens und Denkens, die ich in seiner Lehre fand, immer schrecklicher und unergründlicher. Wie klar und einfach kam mir aber dafür alles vor, wenn ich von diesem Buch aufstand und nun wieder das Leben, das mich umgab, genau betrachtete und überdachte! Es schien so schwer, nicht gut zu leben, und so einfach, alle zu lieben und geliebt zu werden. Alle waren so gut und freundlich zu mir, selbst Sonja, die ich unterrichtete, war eine ganz andere, sie gab sich Mühe zu begreifen, es mir recht zu machen und mich nicht zu ärgern. So wie ich war, so waren auch alle gegen mich. Als ich damals darüber nachdachte, was für Feinde ich wohl hätte, fiel mir nur eine in der Nachbarschaft wohnende Dame ein, über die ich mich vor einem Jahr in Gegenwart anderer Gäste lustig gemacht hatte und sie seitdem nicht mehr zu uns gekommen war. Ich schrieb ihr einen Brief, bekannte meine Schuld und bat sie um Verzeihung. Sie antwortete mir mit einem Brief, in dem sie selbst mich um Verzeihung bat und mir vergab. Ich weinte vor Freude, als ich diese einfachen Zeilen las, aus denen ein tiefes, rührendes Gefühl sprach. Die Kinderfrau brach in Tränen aus, als ich sie um Verzeihung bat. ›Warum sind sie alle so gut zu mir? Womit habe ich diese Liebe verdient?‹ fragte ich mich. Und ich erinnerte mich unwillkürlich an Sergej Michailowitsch und dachte oft lange an ihn. Ich konnte nicht anders und hielt das nicht einmal für eine Sünde. Aber ich dachte jetzt ganz anders an ihn als in jener Nacht, in der ich mir zum ersten Mal bewußt wurde, daß ich ihn liebte, ich dachte an ihn wie an mich selbst und brachte ihn unwillkürlich mit jedem Gedanken an meine Zukunft in Verbindung. Das bedrückende Gefühl, das ich in seiner Gegenwart empfunden hatte, war vollständig verschwunden. Jetzt fühlte ich mich Sergej Michailowitsch gleichgestellt und verstand ihn völlig aus der Höhe der seelischen Stimmung, in der ich mich befand. Was mir früher seltsam an ihm erschienen war, war mir jetzt klar. Erst jetzt begriff ich, warum er sagte, das Glück bestehe nur darin, für einen anderen zu leben, und ich war jetzt derselben Ansicht. Ich hatte das Gefühl, daß wir beide ein endloses, ruhiges Glück genießen würden. Und ich dachte dabei nicht an Auslandsreisen, nicht an die Gesellschaft und nicht an Glanz, sondern an ein ganz anderes Leben, ein ruhiges Familienleben auf dem Lande, mit immerwährender Selbstverleugnung, ewiger Liebe zueinander und in dem immerwährenden Bewußtsein, daß in allem eine gnädige, hilfreiche Vorsehung waltet.

Ich nahm, wie ich es beabsichtigt hatte, an meinem Geburtstag das Abendmahl. Als ich an diesem Tag aus der Kirche zurückkehrte, war mein Herz so von Glück erfüllt, daß ich mich vor dem Leben fürchtete, vor jedem neuen Eindruck und vor allem davor fürchtete, was dieses Glück zerstören könnte. Aber kaum waren wir aus dem Wagen gestiegen und auf die Freitreppe gegangen, als ein wohlbekanntes Kabriolett über die Brücke ratterte und ich Sergej Michailowitsch erblickte. Er beglückwünschte mich, und wir gingen zusammen in den Salon. Noch nie, solange ich ihn kannte, war ich in seiner Gegenwart so ruhig und sicher gewesen wie an diesem Morgen. Ich fühlte, daß eine ganz neue Welt in mir war, die er nicht verstand und die hoch über ihm war. Ich empfand ihm gegenüber nicht die geringste Verwirrung. Er verstand wohl, woher das kam, und behandelte mich mit einer besonderen, sanften Zärtlichkeit und ehrfurchtsvollen Achtung. Ich wollte zum Klavier gehen, aber er schloß es ab und steckte den Schlüssel in die Tasche.

»Verderben Sie sich Ihre Stimme nicht!« sagte er. »In Ihrer Seele klingt jetzt eine Musik, die schöner ist als jede andere Musik auf der Welt.«

Ich war ihm dankbar dafür; gleichzeitig aber war es mir ein wenig unangenehm, daß er mit solcher Leichtigkeit und Klarheit alles verstand, was allen Menschen in meiner Seele verborgen sein sollte. Bei Tisch sagte er, er sei gekommen, um mir Glück zu wünschen und gleichzeitig Abschied zu nehmen, da er am folgenden Tage nach Moskau reisen werde. Während er das sagte, schaute er Katja an; dann aber warf er auch mir einen kurzen Blick zu, und ich sah, daß er fürchtete, auf meinem Gesicht eine Erregung wahrzunehmen. Aber ich war gar nicht erstaunt und regte mich nicht auf, ich fragte nicht einmal, wie lange er fortbleiben werde. Ich wußte, daß er uns seine Abreise ankündigen werde, und wußte, daß er nicht abreisen würde. Woher ich das wußte? Jetzt kann ich es mir durchaus nicht erklären, aber an jenem denkwürdigen Tag hatte ich das Gefühl, daß ich alles wußte, was war und was sein würde. Ich war wie in einem glücklichen Traum, in dem es einem vorkommt, als ob alles, was geschieht, schon geschehen wäre und man das alles schon längst wüßte.

Er wollte gleich nach Tisch wegfahren, aber Katja, die von der Messe müde war, hatte sich hingelegt, und er mußte warten, bis sie aufwachen würde, um sich von ihr zu verabschieden. Im Saal war es sonnig; wir gingen auf die Veranda hinaus. Kaum hatten wir uns gesetzt, als ich vollkommen ruhig von dem zu sprechen begann, was das Schicksal meiner Liebe entscheiden mußte. Und ich begann nicht früher und nicht später zu reden, sondern gerade in dem Augenblick, als wir Platz genommen hatten und noch nichts gesagt war, als der Ton und der Charakter des Gesprächs, der mich hätte hindern können, das zu sagen, was ich sagen wollte, noch nicht festgelegt war. Ich weiß selber nicht, woher ich diese Ruhe und Entschlossenheit nahm, woher es kam, daß ich mich so treffend ausdrückte. Es war, als redete nicht ich selbst, sondern etwas von meinem Willen Unabhängiges. Er saß mir gegenüber, die Ellbogen auf das Geländer gestützt, zog einen Fliederzweig zu sich heran und zupfte die Blätter ab. Als ich zu sprechen begann, ließ er den Zweig los und stützte den Kopf in die Hand. Das konnte die Haltung eines vollkommen ruhigen oder eines sehr erregten Menschen sein.

»Warum verreisen Sie?« fragte ich bedeutungsvoll und langsam und sah ihm gerade in die Augen.

Er antwortete nicht gleich.

»Geschäfte!« murmelte er dann mit niedergeschlagenen Augen.

Ich merkte, wie schwer es ihm fiel, mir auf eine so aufrichtige Frage die Unwahrheit zu sagen.

»Hören Sie«, sagte ich, »Sie wissen, was für ein Tag heute für mich ist. Dieser Tag ist in vielem sehr wichtig. Wenn ich Sie frage, so tue ich es nicht, um Teilnahme zu bekunden – Sie wissen, daß ich an Sie gewöhnt bin und Sie gern habe; ich frage, weil ich das wissen muß. Warum reisen Sie fort?«

»Es fällt mir sehr schwer, Ihnen die Wahrheit zu sagen, warum ich fortreise«, erwiderte er. »Ich habe in dieser Woche viel über Sie und mich nachgedacht und bin zu der Überzeugung gelangt, daß ich fortreisen muß. Sie verstehen, weshalb ich das muß, und wenn Sie mich gern haben, werden Sie keine weiteren Fragen stellen.« Er rieb sich mit der Hand die Stirn und bedeckte die Augen. »Das ist für mich peinlich . . . Aber Sie werden es verstehen.«

Mein Herz begann heftig zu klopfen.

»Ich kann es nicht verstehen«, antwortete ich; ich *kann* nicht; sagen *Sie* es mir; um Gottes willen, um des heutigen Tages willen, sagen Sie es mir; ich kann alles ruhig hören«, sagte ich.

Er änderte seine Körperhaltung, sah mich an und zog den Zweig wieder zu sich heran.

»Übrigens«, sagte er nach einer kleinen Pause mit einer Stimme, die sich vergeblich bemühte, fest zu klingen, »obwohl es dumm und unmöglich ist, es mit Worten zu erzählen, und obwohl es mir schwerfällt, will ich mich bemühen, es Ihnen zu erklären.« Er verzog das Gesicht wie in körperlichem Schmerz.

»Nun?« sagte ich.

»Stellen Sie sich vor«, sagte er, »daß da ein Herr A. war, ein alter, abgelebter Mann, und ein Fräulein B., ein junges, glückliches Geschöpf, das die Menschen und das Leben noch nicht kannte. Infolge verschiedener Familienbeziehungen gewann er sie lieb wie eine Tochter und fürchtete nicht, daß er sie auch in anderer Weise liebgewinnen könnte.«

Er schwieg; aber ich erwiderte nichts.

»Aber er hatte vergessen, daß Fräulein B. so jung und das Leben für sie noch ein Spiel war«, fuhr er plötzlich schnell und entschlossen fort, ohne mich anzusehen, »und daß es leicht war, sie anders liebzugewinnen, und daß ihr das Vergnügen machen werde. Und er hatte sich geirrt und spürte auf einmal, daß ein anderes Gefühl, peinvoll wie die Reue, in sein Herz drang, und erschrak. Er erschrak, weil er fürchtete, daß ihre früheren freundschaftlichen Beziehungen getrübt werden könnten, und beschloß, lieber abzureisen als diese Beziehungen zu zerstören.« Während er das sagte, fuhr er sich wieder scheinbar nachlässig mit der Hand über die Augen und bedeckte sie.

»Warum fürchtete er denn, sie anders liebzugewinnen?« fragte ich, meine Erregung zurückhaltend; meine Stimme klang ruhig, aber ihm kam sie wahrscheinlich etwas spöttisch vor, denn er erwiderte in leicht gekränktem Ton:

»Sie sind jung«, sagte er, »und ich bin alt. Sie wollen spielen, ich aber brauche etwas anderes. Spielen Sie, aber nicht mit mir. Ich könnte Ihnen glauben; das wäre schlimm für mich, und Sie würden sich schämen. Das sagte A.«, fügte er hinzu. »Nun, das ist alles Unsinn;

aber Sie werden jetzt begreifen, warum ich reise. Wir wollen nicht mehr darüber sprechen.«

»Nein, nein! Wir *wollen* darüber sprechen!« sagte ich, und Tränen zitterten in meiner Stimme. »Hat er sie geliebt oder nicht?«

Er gab keine Antwort.

»Aber wenn er sie nicht geliebt hat, warum hat er dann mit ihr gespielt wie mit einem Kind?« fuhr ich fort.

»Ja, ja, A. hat sich schuldig gemacht«, unterbrach er mich hastig, »aber alles war zu Ende, und sie trennten sich . . . als Freunde.«

»Das ist ja entsetzlich! Gibt es denn kein anderes Ende?« stieß ich mühsam hervor und erschrak über das, was ich gesagt hatte.

»O doch«, sagte er, nahm die Hand von seinem erregten Gesicht und sah mich offen an. »Es gibt zwei verschiedene Möglichkeiten. Aber unterbrechen Sie mich um Gottes willen nicht, und hören Sie mich ruhig an. Die einen sagen«, begann er und stand schmerzlich lächelnd auf, »die einen sagen, A. hätte den Verstand verloren, sich sinnlos in Fräulein B. verliebt und ihr das gesagt . . . Aber sie lachte nur darüber. Für sie war es nur ein Scherz, für ihn aber die wichtigste Lebensfrage.«

Ich zuckte zusammen und wollte ihn unterbrechen, wollte ihm sagen, er dürfe es nicht wagen, für mich zu sprechen, aber er hielt mich zurück und legte seine Hand auf die meine.

»Warten Sie«, sagte er mit bebender Stimme, »andere sagen, daß sie Mitleid mit ihm hatte, weil sie, die

Ärmste, die das Leben nicht kannte, sich einbildete, sie könnte ihn wirklich lieben, und einwilligte, seine Frau zu werden. Und er, der Wahnsinnige, glaubte es, er glaubte, daß sein ganzes Leben von neuem beginnen werde. Aber sie selbst sah dann ein, daß sie ihn betrogen hatte und daß er sie betrogen hatte . . . Wir wollen nicht mehr davon reden«, schloß er, und begann schweigend vor mir auf und ab zu gehen.

Er hatte gesagt: ›Wir wollen nicht mehr davon reden‹, aber ich sah, daß er mit allen Fasern seiner Seele auf ein Wort von mir wartete. Ich wollte reden, vermochte es aber nicht, ich fühlte eine furchtbare Beklemmung in der Brust. Ich sah ihn an, er war blaß, seine Unterlippe zitterte. Er begann mir leid zu tun. Ich machte eine gewaltsame Anstrengung, brach die Macht des Schweigens, die mich fesselte, und begann zu reden; meine Stimme klang so leise, daß ich fürchtete, sie könnte jeden Augenblick versagen.

»Und das dritte Ende«, sagte ich und hielt inne; aber er schwieg – »das dritte Ende ist, daß er sie nicht liebte und ihr weh tat, sehr weh, und dabei noch dachte, er handele recht, und wegfuhr und noch auf irgend etwas stolz war. Für Sie, nicht für mich, für Sie war es ein Scherz; ich habe Sie vom ersten Tage an geliebt, ich habe Sie geliebt«, wiederholte ich, und bei diesem Wort ›geliebt‹ ging meine leise Stimme unwillkürlich in einen lauten Schrei über, so daß ich selbst erschrak.

Er stand ganz blaß vor mir, seine Lippen bebten immer heftiger, und zwei Tränen traten auf seine Wangen.

»Das ist schlecht!« rief ich beinahe schreiend und

spürte, daß zornige, ungeweinte Tränen mir den Atem nahmen. »Wofür?« sagte ich und wollte aufstehen, um von ihm fortzugehen.

Aber er ließ mich nicht weg. Sein Kopf lag auf meinen Knien; seine Lippen küßten meine zitternden Hände, und seine Tränen benetzten sie. »Mein Gott, wenn ich das gewußt hätte«, sagte er.

»Wofür? Wofür?« sagte ich immer wieder, aber meine Seele war von Glück erfüllt, von einem Glück, das später für immer entschwand und nie wiederkehrte.

Fünf Minuten darauf lief Sonja nach oben zu Katja und schrie durch das ganze Haus, Mascha wolle Sergej Michailowitsch heiraten.

5

Wir hatten keinen Grund, unsere Hochzeit aufzuschieben. Katja allerdings wäre gern nach Moskau gefahren, um dort die Aussteuer zu kaufen und zu bestellen, und seine Mutter verlangte, daß er vor der Hochzeit einen neuen Wagen und neue Möbel anschaffe und das Haus neu tapezieren lasse; aber wir beiden bestanden darauf, das alles, wenn es schon sein müsse, erst später zu tun und uns zwei Wochen nach meinem Geburtstag trauen zu lassen, in aller Stille, ohne Aussteuer, ohne Gäste, ohne Brautführer, Souper, Champagner und diesen ganzen konventionellen Zubehör einer Hochzeit. Er erzählte mir, seine Mutter sei unzufrieden damit, daß die Hochzeit ohne Musik, ohne Berge von Koffern und Kisten und ohne Renovierung des ganzen Hauses stattfinden solle, ganz anders als ihre eigene Hochzeit, die dreißigtausend Rubel gekostet habe; sie durchsuche mit ernster Miene, und ohne daß er es merken solle, die Truhen und Koffer in der Vorratskammer und berate sich mit der Wirtschafterin Marjuschka über allerlei Teppiche, Gardinen und Tabletts, die für unser Glück unerläßlich seien. Auf meiner Seite taten Katja und die Kinderfrau Kusminischna dasselbe. Und über dieses Thema durfte man nicht im Scherz mit Katja reden. Sie war fest davon überzeugt, daß wir bei unseren Gesprächen über die Zukunft nur tändelten und Torheiten trieben, wie es Menschen in unserer Lage nun einmal eigen sei, daß unser wahres, künftiges Glück aber nur davon abhänge, daß die Hemden richtig zugeschnitten und genäht und die Tischtücher und Servietten ordentlich gesäumt würden. Zwischen Pokrowskoje und Nikolskoje wurden mehrmals am Tage geheime Nachrichten über die Dinge ausgetauscht, die man hier und dort angefertigt hatte; obgleich nach außen hin zwischen Katja und seiner Mutter die allerfreundlichsten Beziehungen zu bestehen schienen, war bereits eine gewisse feindselige, aber sehr feine Diplomatie zu spüren. Tatjana Semjonowna, seine Mutter, die ich jetzt näher kennenlernte, war eine pedantische, strenge Hausfrau und eine Gutsherrin vom alten Schlag. Er liebte sie nicht nur pflichtgemäß als Sohn, sondern mit tiefer Empfindung und hielt sie für die beste, klügste, liebevollste Frau der Welt. Tatjana Semjonowna war immer freundlich zu uns, und zu mir ganz besonders, und freute sich darüber, daß ihr Sohn heiratete; aber wenn ich als Braut bei ihr zu Besuch war, hatte ich jedesmal den Eindruck, als wollte sie mir zu verstehen geben, daß ich als Partie für ihren Sohn eigentlich besser sein könnte und daß es nichts schaden würde, wenn ich das nie vergäße. Und ich verstand sie vollkommen und war ganz derselben Ansicht.

In diesen zwei Wochen sahen wir uns täglich. Er kam zum Mittagessen und blieb bis Mitternacht. Aber obwohl er sagte (und ich wußte, daß er die Wahrheit sagte), ohne mich sei das Leben für ihn kein richtiges Leben, verbrachte er nie einen ganzen Tag mit mir, sondern bemühte sich, seine Geschäfte nach wie vor zu erledigen. Unsere äußeren Beziehungen blieben bis zum Hochzeitstag dieselben wie vorher; wir nannten uns immer noch ›Sie‹, er küßte mir nicht einmal die Hand und suchte keine Gelegenheit, mit mir unter vier Augen zu sein, das vermied er sogar. Es war, als fürchtete er, sich der allzu großen, schädlichen Zärtlichkeit zu überlassen, die ihn erfüllte. Ich weiß nicht, wer von uns beiden sich verändert hatte, er oder ich, aber ich fühlte mich ihm vollkommen gleichgestellt; ich fand die gezwungene Schlichtheit, die mir früher mißfallen hatte, nicht mehr an ihm und sah oft voller Glück statt des Achtung und Furcht einflößenden Mannes ein sanftes, von seinem Glück wie benommenes Kind vor mir. ›Das also war in ihm!‹ dachte ich oft, ›er ist genauso ein Mensch wie ich, weiter nichts.‹ Jetzt hatte ich das Gefühl, daß ich ihn ganz vor mir sah und daß ich ihn nun vollkommen kannte. Und alles, was ich an ihm entdeckte, war so einfach und entsprach meinem Wesen so genau. Sogar seine Pläne, wie wir zusammen leben würden, waren auch die meinen, nur verstand er sie klarer und besser in Worten auszudrücken.

Das Wetter war in diesen Tagen schlecht, und wir verbrachten die meiste Zeit in den Zimmern. Unsere besten, herzlichsten Gespräche fanden in der Ecke zwischen dem Klavier und dem Fenster statt. Das Licht der Kerzen spiegelte sich in dem schwarzen Fenster, hin und wieder schlugen Regentropfen an die glänzenden Scheiben und rannen daran herunter. Der Regen prasselte auf das Dach, in der Pfütze unter der Dachrinne platschte das Wasser, durch das Fenster drang Feuchtigkeit herein, und unser Winkel erschien uns noch heller, noch wärmer und behaglicher.

»Wissen Sie, ich habe Ihnen schon lange etwas sagen wollen«, sagte er einmal, als wir spät abends allein in dieser Ecke saßen. »Während Sie spielten, habe ich immer daran denken müssen.«

»Sagen Sie nichts, ich weiß alles«, erwiderte ich.

»Ja, das ist wahr, wir wollen nicht davon reden.«

»Nein, sagen Sie: was ist es?« fragte ich.

»Was es ist? Erinnern Sie sich an die Geschichte von Herrn A. und Fräulein B., die ich Ihnen erzählte?«

»Natürlich erinnere ich mich an diese dumme Geschichte. Nur gut, daß sie so geendet hat . . .«

»Ja, es fehlte nicht viel, und ich hätte mein ganzes Glück zerstört. Sie haben mich gerettet. Aber die Hauptsache ist, daß ich damals gelogen habe, und ich schäme mich und will Ihnen jetzt alles sagen.«

»Ach, bitte, das ist ja nicht nötig.«

»Seien Sie unbesorgt«, sagte er lächelnd. »Ich will mich nur rechtfertigen. Als ich damals zu sprechen anfing, wollte ich eine vernünftige Überlegung anstellen.«

»Wozu vernünftige Überlegungen anstellen?« sagte ich. »Das muß man nie tun.«

»Ja, ich tat es auch herzlich schlecht. Ich habe viele Fehler in meinem Leben gemacht und viele Enttäuschungen erlebt; als ich dann in diesem Jahr aufs Land kam, sagte ich mir mit aller Entschiedenheit, daß es für mich mit der Liebe vorbei sei und daß ich für den Rest meines Lebens nur noch Pflichten zu erfüllen hätte. Deshalb habe ich mir lange keine Rechenschaft darüber abgelegt, was mein Gefühl für Sie bedeutete und wohin es mich führen könnte. Ich hoffte und hoffte nicht: bald dachte ich, daß Sie nur kokettieren, bald glaubte ich an Ihre Aufrichtigkeit; ich wußte selbst nicht, was ich tun sollte. Aber nach jenem Abend, Sie erinnern sich, als wir den nächtlichen Spaziergang im Garten machten, erschrak ich; mein neues Glück erschien mir gar zu groß und geradezu unmöglich. Was wäre denn geschehen, wenn ich mir gestattet hätte zu hoffen, vergeblich zu hoffen? Aber ich dachte natürlich nur an mich, weil ich ein abscheulicher Egoist bin.«

Er schwieg eine Weile und sah mich an.

»Und doch habe ich damals nicht nur Unsinn geredet. Ich konnte und mußte Bedenken haben. Ich empfange so viel von Ihnen und kann Ihnen nur so wenig geben. Sie sind noch ein Kind, Sie sind eine Knospe, die sich erst entfalten wird, Sie lieben zum ersten Mal, ich aber . . .«

»Ja, sagen Sie mir die Wahrheit«, unterbrach ich ihn, hatte aber plötzlich Angst vor seiner Antwort. »Nein, es ist nicht nötig«, fügte ich hinzu.

»Ob ich früher geliebt habe, ja?« fragte er; er hatte meinen Gedanken sofort erraten. »Das kann ich Ihnen sagen. Nein, ich habe nicht geliebt. Ich habe nie etwas diesem Gefühl Ähnliches empfunden . . .« Aber plötzlich schien eine schwere Erinnerung in seinem Geist aufzutauchen. »Nein, auch da brauche ich Ihr Herz, um ein Recht zu haben, Sie zu lieben«, sagte er traurig. »Mußte ich denn nicht genau überlegen, ehe ich sagte, daß ich Sie liebe? Was gebe ich Ihnen? Liebe, das ist ja wahr.«

»Ist das etwa wenig?« erwiderte ich und sah ihm in die Augen.

»Ja, das ist wenig, meine Liebe, für Sie ist das wenig«, fuhr er fort. »Sie sind jung und schön! Ich kann jetzt oft vor lauter Glück nicht schlafen und denke immer daran, wie wir leben werden. Ich habe viel erlebt und glaube, daß ich jetzt das gefunden habe, was ich zu meinem Glück brauche. Ein stilles, zurückgezogenes Leben in unsrer ländlichen Einsamkeit, mit der Möglichkeit, den Menschen Gutes zu tun, denen man so leicht Gutes tun kann und die so wenig daran gewöhnt sind; ferner Arbeit, eine Arbeit, von der man sich einen Nutzen verspricht; ferner Erholung, die Natur, Bücher, Musik, die Liebe zu einem geliebten Menschen, das ist mein Glück, das höchste Glück, das ich mir denken kann. Und nun zu alldem noch eine Lebensgefährtin wie Sie und vielleicht eine Familie – das ist alles, was ein Mensch sich nur wünschen kann.«

»Ja«, sagte ich.

»Für mich, der die Jugend hinter sich hat, ja, aber nicht für Sie«, fuhr er fort. »Sie haben noch nicht gelebt, Sie werden vielleicht noch in anderem das Glück suchen wollen und es vielleicht in anderem finden. Sie meinen jetzt, daß dies das Glück sei, weil Sie mich lieben.«

»Nein, ich habe immer nur dieses stille Familienleben geliebt und es mir gewünscht«, sagte ich. »Und Sie sprechen nur das aus, was ich gedacht habe.«

Er lächelte.

»Das scheint Ihnen nur so, meine Liebe. Aber für Sie ist das zu wenig. Sie sind jung und schön«, sagte er noch einmal nachdenklich.

Aber es verdroß mich, daß er mir nicht glaubte und mir meine Jugend und Schönheit gewissermaßen zum Vorwurf machte.

»Weswegen lieben Sie mich denn?« fragte ich ärgerlich.

»Wegen meiner Jugend oder um meiner selbst willen?«

»Das weiß ich nicht; aber ich liebe Sie«, antwortete er und sah mich mit seinem aufmerksamen, anziehenden Blick an.

Ich antwortete nicht und sah ihm unwillkürlich in die Augen. Auf einmal ging etwas Seltsames mit mir vor; zunächst hörte ich auf, meine Umgebung zu sehen; dann verschwand sein Gesicht vor mir, und nur seine Augen schienen unmittelbar vor meinen Augen zu blitzen; dann hatte ich ein Gefühl, als wären diese Augen in mir, alles trübte sich, ich sah nichts mehr und mußte die Augen schließen, um mich von dem Gefühl der Wonne und der Furcht zu befreien, das dieser Blick in mir hervorrief.

Am Vorabend unseres Hochzeitstages schlug das Wetter um, und nach den Regenfällen, die im Sommer begonnen hatten, kam nur der erste kalte, leuchtende Herbstabend. Alles war feucht, kalt und hell, und im Garten machte sich zum ersten Mal die herbstliche Weite, Buntheit und Kahlheit bemerkbar. Der Himmel war klar, kalt und blaß. Ich legte mich schlafen, glücklich in dem Gedanken, daß morgen an unserm Hochzeitstag schönes Wetter sein werde.

An diesem Tag erwachte ich mit der Sonne, und der Gedanke, daß schon heute der bedeutungsvolle Tag sei, erschreckte und erstaunte mich. Ich ging in den Garten. Die Sonne war eben erst aufgegangen, und ihre dünnen Strahlen drangen durch die halb kahlen gelben Linden der Allee. Der Weg war mit raschelnden Blättern bedeckt. Die grellroten, zusammengeschrumpften Trauben der Ebereschen leuchteten zwischen spärlichen, vom Frost krumm gezogenen Blättern, die Georginen waren schwarz und runzlig geworden. Zum ersten Mal lag der Reif wie Silber auf dem blassen Grün des Rasens und auf den geknickten Kletten vor dem Haus. An dem kalten, klaren Himmel war keine einzige Wolke zu sehen.

›Also wirklich heute?‹ fragte ich mich und konnte kaum an mein Glück glauben. ›Werde ich wirklich schon morgen nicht hier aufwachen, sondern in dem fremden Haus mit den Säulen in Nikolskoje? Werde ich ihn wirklich nicht mehr erwarten und ihm entgegengehen und bis in die Nacht hinein mit Katja von ihm reden? Werde ich nicht mehr mit ihm im Saal in Pokrowskoje am Klavier sitzen? Werde ich ihn nicht mehr hinausbegleiten und mich in dunklen Nächten um ihn ängstigen?‹ Aber ich erinnere mich, daß er gestern gesagt hatte, er komme nun zum letzten Mal, und daß Katja mich veranlaßt hatte, das Brautkleid anzuprobieren, und gesagt hatte: »Für morgen!« Und ich glaubte für einen Augenblick daran und zweifelte dann von neuem. ›Werde ich wirklich von heute an dort leben, mit der Schwiegermutter, ohne Nadjeschda, ohne den alten Grigorij, ohne Katja? Werde ich vor dem Schlafengehen nicht mehr meine alte Kinderfrau küssen, nicht mehr hören, wie sie mich nach alter Gewohnheit bekreuzigt und sagt: ›Gute Nacht, Fräulein?‹ Werde ich Sonja nicht mehr unterrichten und mit ihr spielen und morgens an ihre Wand klopfen und ihr helles Lachen hören? Werde ich mir heute wirklich selber fremd werden, wird ein neues Leben für mich beginnen, das die Verwirklichung meiner Hoffnungen und Wünsche bringt? Wird dieses neue Leben immer so fortdauern? Ich erwartete ihn voller Ungeduld, es fiel mir schwer, mit diesen Gedanken allein zu sein. Er kam früh, und erst als er bei mir war, vermochte ich es ganz zu glauben, daß ich heute seine Frau werden würde, und dieser Gedanke war mir nun nicht mehr schrecklich.

Vor dem Mittagessen gingen wir in unsere Kirche, wo eine Seelenmesse für meinen Vater abgehalten wurde.

›Wenn er doch jetzt noch lebte!‹ dachte ich, als wir

nach Hause zurückkehrten, und stützte mich schweigend auf den Arm des Mannes, der der beste Freund dessen gewesen war, an den ich dachte. Als ich während des Gebetes mit der Stirn den kalten Steinfußboden der Kapelle berührte, hatte ich mir meinen Vater so lebhaft vorgestellt und so fest geglaubt, daß seine Seele mich verstehe und meine Wahl segne, daß es mir auch jetzt vorkam, als schwebte seine Seele über uns und als fühlte ich seinen Segen. Und Erinnerungen und Hoffnungen, Glück und Trauer flossen zu einem einzigen feierlichen, angenehmen Gefühl zusammen, mit dem diese unbewegte, frische Luft, die Stille, die kahlen Felder und der blasse Himmel, von dem glänzende, aber kraftlose Strahlen auf alles herabströmten und meine Wangen zu röten versuchten, so gut übereinstimmte. Ich hatte das Gefühl, daß der, an dessen Seite ich ging, meine Empfindungen verstand und teilte. Er ging langsam und schweigend neben mir, und sein Gesicht, das ich hin und wieder ansah, drückte dasselbe ernste, aus Trauer und Freude gemischte Gefühl aus, das in der Natur und in meinem Herzen war.

Plötzlich wandte er sich zu mir, ich sah, daß er etwas sagen wollte. ›Wenn er aber nicht von dem zu sprechen beginnt, woran ich denke?‹ ging es mir plötzlich durch den Kopf. Aber er begann von meinem Vater zu sprechen, ohne auch nur seinen Namen zu nennen. Er sagte: »Einmal hat er im Scherz zu mir gesagt: ›Heirate meine Mascha!‹«

»Wie glücklich wäre er jetzt!« erwiderte ich und drückte den Arm, der den meinen stützte, fester an mich.

»Ja, Sie waren noch ein Kind«, fuhr er fort und sah mir in die Augen, »damals küßte ich diese Augen und liebte sie nur deshalb, weil sie den seinen ähnlich waren, und ich dachte nicht, daß sie mir einmal um ihrer selbst willen so teuer sein würden. Ich nannte Sie damals Mascha.«

»Sagen Sie ›du‹ zu mir«, bat ich.

»Ich wollte eben ›du‹ zu dir sagen«, erwiderte er; »erst jetzt glaube ich, daß du ganz die Meine bist«, und sein ruhiger, glücklicher, inniger Blick ruhte auf mir.

Und wir gingen langsam auf einem unausgetretenen Feldweg über das zerstampfte Stoppelfeld und hörten nur unsere Schritte und unsere Stimmen. Auf der einen Seite dehnte sich über die Schlucht hinweg bis zu dem fernen entlaubten Wald ein bräunliches Stoppelfeld, auf dem seitlich von uns ein Bauer mit seinem Pflug lautlos einen immer breiter werdenden schwarzen Streifen zog. Die am Fuß des Hügels verstreute Pferdeherde schien ganz nah zu sein. Auf der anderen Seite und vor uns bis zum Garten und zu unserem Haus, das dahinter zu sehen war, breitete sich ein schwarzes, aufgetautes, streifenweise schon grünes Winterfeld aus. Über allem glänzte die Sonne, die keine Wärme mehr ausstrahlte, auf allem lagen lange, faserige Spinnweben. Sie schwebten ringsum in der Luft, legten sich auf das vom Frost ausgetrocknete Stoppelfeld und flogen uns in die Augen, auf die Haare, auf die Kleider. Wenn wir sprachen, tönten unsere Stimmen, und ihr Klang blieb in der unbewegten Luft über uns stehen, als wären nur wir allein auf der Welt, allein unter diesem blauen Gewölbe, an dem die kühle Sonne flammend und zitternd spielte.

Ich hätte auch gern ›du‹ zu ihm gesagt, aber ich schämte mich.

»Warum gehst du so schnell?« sagte ich hastig und beinahe flüsternd und wurde dabei unwillkürlich rot.

Er ging langsamer und sah mich noch zärtlicher, noch heiterer und glücklicher an.

Als wir nach Hause kamen, waren bereits seine Mutter und einige Gäste da, die wir hatten einladen müssen, und ich war bis zu dem Augenblick, wo wir aus der Kirche traten und in den Wagen stiegen, um nach Nikolskoje zu fahren, nicht mehr mit ihm allein.

Die Kirche war fast leer; ich sah mit einem Seitenblick nur seine Mutter, die gerade und aufrecht im Chor auf einem Teppich stand, Katja in einer Haube mit lila Bändern und mit Tränen auf den Wangen, und ein paar Gutsleute, die mich neugierig betrachteten. Ihn sah ich nicht an; aber ich fühlte seine Gegenwart neben mir. Ich hörte die Worte der Gebete an und wiederholte sie; aber sie fanden keinen Widerhall in meiner Seele. Ich konnte nicht beten und blickte stumpf auf die Heiligenbilder, die Herzen, das gestickte Kreuz auf dem Rücken des Meßgewandes des Geistlichen, den Ikonostas, das Kirchenfenster – und verstand nichts. Ich fühlte nur, daß etwas Außerordentliches mit mir geschah. Als der Geistliche sich mit dem Kreuz zu uns wandte, uns beglückwünschte und sagte, er habe mich getauft, und nun habe Gott es gefügt, daß er mich auch habe trauen dürfen, und als Katja und seine Mutter uns küßten und ich Grigorijs

Stimme hörte, der nach dem Wagen rief, war ich erstaunt und erschrocken darüber, daß alles schon zu Ende sein sollte, ohne daß etwas Außergewöhnliches in meiner Seele vorgegangen war, das dem an mir vollzogenen Sakrament entsprochen hätte. Wir küßten uns, aber dieser Kuß war so seltsam und paßte so wenig zu unserem Gefühl. ›Ist das alles?‹ dachte ich. Wir traten in die Vorhalle, das Rattern der Räder hallte dumpf unter dem Gewölbe der Kirche wider, die frische Luft schlug mir entgegen, er setzte den Hut auf und half mir in den Wagen. Durch das Wagenfenster sah ich den kalten Mond, der einen Hof hatte. Grigorij setzte sich neben mich und schloß den Wagenschlag. Ich fühlte einen Stich im Herzen. Die Selbstverständlichkeit, mit der er das tat, kam mir fast beleidigend vor. Katjas Stimme rief, ich solle den Kopf bedecken; die Räder polterten auf dem Steinpflaster; dann kamen wir auf weichen Weg und fuhren davon. Ich drückte mich in die Ecke und sah durch das Fenster auf die fernen, hellen Felder und auf den Weg, der sich im kalten Glanz des Mondlichts dahinzog. Und ohne meinen Mann anzusehen, fühlte ich ihn jetzt neben mir. ›Wie?‹ dachte ich, ›ist das alles, was dieser Augenblick, von dem ich so viel erwartete, mir gegeben hat?‹, und es kam mir irgendwie demütigend und kränkend vor, daß ich allein so nahe neben ihm saß. Ich wandte mich zu ihm und wollte ihm etwas sagen. Aber ich brachte kein Wort über die Lippen, als wäre das frühere Gefühl der Zärtlichkeit nicht mehr lebendig in mir, als wäre es von einem Gefühl der Furcht und Kränkung abgelöst worden.

»Ich habe bis zu diesem Augenblick immer noch nicht geglaubt, daß es möglich wäre«, antwortete er leise auf meinen Blick.

»Ja, aber ich habe Angst«, sagte ich.

»Angst vor mir, meine Liebe?« fragte er, nahm meine Hand und neigte den Kopf darüber.

Meine Hand lag leblos in der seinen, und das Herz tat mir weh vor Kälte.

»Ja«, flüsterte ich.

Aber da begann mein Herz auf einmal stärker zu schlagen; meine Hand fing an zu zittern und drückte seine Hand, mir wurde heiß, meine Augen suchten im Halbdunkel seinen Blick, und ich fühlte plötzlich, daß ich ihn nicht fürchtete, daß diese Angst Liebe war, eine neue, noch zärtlichere, stärkere Liebe als die frühere. Ich fühlte, daß ich ganz die Seine war und daß die Macht, die er über mich besaß, mich glücklich machte.

ZWEITER TEIL

Tage, Wochen, zwei Monate einsamen Landlebens vergingen unmerklich, wie es uns damals schien, und doch hätten die Gefühle, die Erregungen und das Glück dieser beiden Monate für ein ganzes Leben ausgereicht. Meine und seine Träume, wie unser ländliches Leben sich gestalten werde, gingen in ganz andrer Weise in Erfüllung, als wir es erwartet hatten. Aber unser Leben war nicht schlechter als unsere Träume. Von ernster Arbeit, Pflichterfüllung, Selbstverleugnung und einem Leben für andere, das ich mir in meiner Brautzeit vorgestellt hatte, war nichts zu merken; im Gegenteil: da war nur ein selbstsüchtiges Gefühl der Liebe zueinander, der Wunsch, geliebt zu werden, eine grundlose, immerwährende Fröhlichkeit und ein Vergessen von allem, was es außer uns auf der Welt gab. Allerdings zog er sich manchmal auf sein Zimmer zurück, um etwas zu arbeiten; manchmal fuhr er in Geschäften in die Stadt und sah in unserer Landwirtschaft nach dem Rechten; aber ich merkte, wie schwer es ihm fiel, sich von mir loßzureißen. Und er gestand mir nachher, daß ihm alles auf der Welt, wo ich nicht war, so unsinnig vorkam, daß er nicht verstand, wie man sich damit beschäftigen konnte. Und mir ging es nicht anders. Ich las, ich befaßte mich mit Musik, mit seiner Mutter und mit der Schule, aber nur deshalb, weil diese Beschäftigungen mit ihm verbunden waren und seinen Beifall fanden; sobald aber irgendeine Tätigkeit nicht mit dem Gedanken an ihn verknüpft war, sanken mir die Arme herab, und es kam mir komisch vor, daß es außer ihm noch etwas auf der Welt geben sollte. Das war vielleicht ein schlechtes, selbstsüchtiges Gefühl, aber es machte mich glücklich und hob mich hoch über die ganze Welt hinaus. Nur er allein war für mich vorhanden, ich hielt ihn für den besten, vortrefflichsten Menschen auf Erden; daher konnte ich auch für nichts anderes leben als für ihn und lebte nur, um in seinen Augen das zu sein, wofür er mich hielt. Und er hielt mich für die vortefflichste und schönste Frau der Welt und meinte, daß ich mit allen erdenklichen Tugenden begabt sei; und ich bemühte mich, in den Augen des vortrefflichsten, besten Mannes auf der Welt diese Frau zu sein.

Eines Tages kam er in mein Zimmer, als ich gerade betete. Ich sah mich nach ihm um und fuhr fort zu beten. Er setzte sich an den Tisch, um mich nicht zu stören, und schlug ein Buch auf. Aber mir war, als sähe er mich an, und ich wandte mich wieder um. Er lächelte; ich fing an zu lachen und konnte nicht weiterbeten.

»Hast du schon gebetet?« fragte ich ihn.

»Ja. Laß dich nicht stören, ich gehe.«

»Aber du betest doch, hoffe ich?«

Er wollte, ohne zu antworten, hinausgehen, aber ich hielt ihn zurück.

»Bitte, mein Herz, tue es mir zuliebe, sprich mit mir die Gebete!«

Er stellte sich neben mich, ließ unbeholfen die Arme sinken und begann mit ernstem Gesicht und stockend zu beten. Hin und wieder wandte er sich zu mir und suchte Beifall und Hilfe in meinem Gesicht.

Als er zu Ende war, fing ich an zu lachen und umarmte ihn.

»Was du alles mit mir anstellst! Als ob ich wieder zehn Jahre alt wäre!« sagte er errötend und küßte mir die Hände.

Unser Haus war eines jener alten Gutshäuser, in denen mehrere Generationen eines Geschlechts in gegenseitiger Achtung und Liebe gelebt hatten. Hier roch es überall nach guten, ehrbaren Familienerinnerungen, die plötzlich, sobald ich dieses Haus betreten hatte, auch die meinen geworden waren. Die Einrichtung der Zimmer und die Ordnung im Hause wurde nach altem Herkommen von Tatjana Semjonowna bestimmt. Man konnte nicht sagen, daß alles elegant und schön gewesen wäre; aber von der Dienerschaft angefangen bis zu den Möbeln und Speisen war alles reichlich, sauber, solide, ordentlich und konnte einem Achtung einflößen. Im Salon war alles symmetrisch angeordnet – die Möbel, die Porträts an den Wänden und die im Hause angefertigten Teppiche und Läufer. Im Diwanzimmer standen ein alter Flügel, zwei Vertikos von verschiedener Form, Sofas und Tischchen mit Messingrändern und Intarsien. In meinem Zimmer, mit dessen Einrichtung Tatjana Semjonowna sich besondere Mühe gegeben hatte, standen die besten Möbel, die aus verschiedenen Jahrhunderten stammten; unter anderem stand dort ein alter Pfeilerspiegel, den ich zuerst nicht ohne Scheu ansehen konnte, der mir aber später so teuer wurde wie ein alter Freund. Tatjana

Semjonowna waltete unmerklich im Hause, aber alles ging wie ein aufgezogenes Uhrwerk, obwohl viele überflüssige Dienstboten da waren. Aber alle diese Leute, die weiche Stiefel ohne Absätze trugen – Tatjana Semjonowna hielt knarrende Sohlen und klappernde Absätze für die unangenehmsten Dinge der Welt –, alle diese Leute schienen auf ihren Beruf stolz zu sein, zitterten vor der alten Gnädigen, sahen mich und meinen Mann mit gönnerhafter Freundlichkeit an und taten ihre Arbeit anscheinend mit ganz besonderem Vergnügen. Jeden Samstag wurden die Fußböden gescheuert und die Teppiche geklopft, an jedem Monatsersten wurde ein Gottesdienst mit Wasserweihe abgehalten, an jedem Namenstag Tatjana Semjonownas, ihres Sohnes – und zum ersten Mal in diesem Herbst auch an meinem – wurden Feste für die ganze Umgegend gegeben. Und das alles war schon immer so gewesen, solange Tatjana Semjonowna zurückdenken konnte. Mein Mann kümmerte sich nicht um Haushaltsangelegenheiten, er beschäftigte sich nur mit der Landwirtschaft und den Bauern, und zwar sehr viel. Er stand sogar im Winter früh auf, so daß ich ihn nicht mehr vorfand, wenn ich erwachte. Er kam gewöhnlich zum Tee zurück, den wir allein tranken, und war um diese Zeit, nach den Mühen und Unannehmlichkeiten in der Wirtschaft, fast immer in jener besonders heiteren Stimmung, die wir das ›wilde Entzücken‹ nannten. Oft bat ich ihn, er möchte mir erzählen, was er am Morgen getan habe, und er erzählte mir dann so unsinnige Dinge, daß wir uns vor Lachen schüttelten; manchmal verlangte ich auch einen ernsthaften Bericht, und er erstattete ihn mit unterdrücktem Lachen. Ich schaute in seine Augen, auf die sich bewegenden Lippen und verstand nichts von dem, was er sagte, ich freute mich nur, ihn zu sehen und seine Stimme zu hören.

»Nun, was habe ich gesagt? Wiederhole es«, sagte er dann. Aber ich konnte nichts wiederholen. Es kam mir so komisch vor, daß er *mir* nicht von sich und von mir erzählte, sondern von etwas anderem. Als ob es nicht völlig gleichgültig gewesen wäre, was sonst noch geschah! Erst viel später fing ich an, seine Sorgen ein wenig zu verstehen und mich dafür zu interessieren. Tatjana Semjonowna erschien erst zum Mittagessen, trank ihren Tee allein und begrüßte uns nur durch Boten. In unserer besonderen, närrisch glücklichen kleinen Welt klang die Stimme aus ihrem so ganz anderen, vernünftigen, wohlgeordneten Reich so seltsam, daß ich mich oft nicht beherrschen konnte und lachen mußte, wenn das Stubenmädchen, die Hände übereinandergelegt, gemessen meldete: »Tatjana Semjonowna läßt sich erkundigen, wie Sie nach dem gestrigen Spaziergang geruht haben, und von sich selbst läßt sie melden, daß sie die ganze Nacht Schmerzen in der Seite gehabt hat und daß ein dummer Hund im Dorf gebellt und ihren Schlaf gestört hat. Und dann läßt sie noch fragen, wie Ihnen das Gebäck geschmeckt hat. Sie bittet zu beachten, daß es nicht Taras gebacken hat, sondern versuchsweise zum ersten Mal Nikolascha, und zwar nicht schlecht, besonders die Kringel; nur den Zwieback hat er zu scharf gebacken.« Bis zum Mittagessen waren wir wenig zusammen. Ich spielte

Klavier oder las, er schrieb oder ging nochmals fort; aber um vier Uhr trafen wir uns alle im Salon zum Mittagessen; Mama kam würdevoll aus ihrem Zimmer, und ein paar arme adlige Damen und Pilgerinnen erschienen, von denen immer zwei oder drei im Hause wohnten. Mein Mann reichte regelmäßig nach alter Gewohnheit seiner Mutter den Arm, um sie zu Tisch zu führen; aber sie verlangte, daß er mir den anderen Arm reiche, und wir drängten und stießen uns stets in der Tür. Bei Tisch hatte seine Mutter den Vorsitz, und die Unterhaltung war ruhig, vernünftig und etwas feierlich. Die schlichten Worte, die mein Mann und ich miteinander wechselten, unterbrachen die Feierlichkeit dieser Mittagssitzungen in angenehmer Weise. Mutter und Sohn stritten sich manchmal oder neckten einander; ich liebte diese Streitigkeiten und Hänseleien ganz besonders, weil in ihnen die zärtliche, starke Liebe zum Ausdruck kam, die sie miteinander verband. Nach dem Essen setzte sich Mama im Salon in einen großen Lehnstuhl und zerrieb Tabak oder schnitt neuangekommene Bücher auf, und wir lasen einander vor oder gingen ins Diwanzimmer ans Klavier. Wir lasen in dieser Zeit viel zusammen, aber unser liebster und schönster Genuß war die Musik, die jedesmal neue Saiten in unseren Herzen erklingen ließ und uns gleichsam von neuem die Seele des andern enthüllte. Wenn ich seine Lieblingsstücke spielte, setzte er sich auf ein weit entfernt stehendes Sofa, wo ich ihn fast gar nicht sehen konnte, und versuchte aus einem gewissen schamhaften Gefühl heraus den Eindruck zu verbergen, den die Musik auf ihn machte; oft aber, wenn er es gar nicht erwartete, stand ich vom Klavier auf, trat zu ihm und suchte in seinem Gesicht die Spuren der Erregung – einen ungewöhnlichen Glanz und einen feuchten Schimmer in seinen Augen – zu entdecken, die er vergeblich vor mir zu verbergen suchte. Mama hatte oft den Wunsch, uns im Diwanzimmer zu beobachten, fürchtete aber wohl, uns zu stören; deshalb ging sie manchmal mit einem gemacht ernsten, gleichgültigen Gesicht durch das Zimmer und tat, als sähe sie uns gar nicht an; aber ich wußte, daß sie gar keinen Anlaß hatte, in ihr Zimmer zu gehen und so schnell zurückzukommen. Den Abendtee schenkte ich im großen Salon ein, und wiederum versammelten sich alle Hausgenossen am Tisch. Diese feierliche Sitzung beim spiegelblanken Samowar und das Verteilen der Gläser und Tassen setzte mich lange Zeit in Verlegenheit. Es schien mir immer, daß ich einer solchen Ehre noch nicht würdig, daß ich zu jung und leichtfertig sei, um den Hahn eines so großen Samowars auf- und zuzudrehen und dem neben mir stehenden Nikita die Gläser auf das Tablett zu stellen und dazu zu sagen: »Für Peter Iwanowitsch, für Marja Minitschna« und zu fragen: »Wünschen Sie ihn süß?« und Zuckerstücke für die Kinderfrau und die verdienten Leute zurückzulegen. »Vorzüglich, ganz vorzüglich«, sagte mein Mann oft; »wie eine Erwachsene«, und das verwirrte mich noch mehr.

Nach dem Tee legte Mama Patience oder ließ sich von Marja Minitschna die Karten legen, dann küßte und bekreuzigte sie uns beide, und wir zogen uns in unsere Zimmer zurück. Meistens saßen wir noch bis nach Mitternacht zusammen, und das war die schönste und angenehmste Zeit. Er erzählte mir von seiner Vergangenheit, wir machten Pläne, philosophierten manchmal miteinander und gaben uns Mühe, recht leise zu sprechen, damit uns oben niemand hörte und es der gestrengen Tatjana Semjonowna berichtete; denn sie verlangte, wir sollten uns früh hinlegen. Manchmal bekamen wir wieder Hunger, schlichen zum Büfett, bekamen durch Nikitas Protektion ein bißchen kaltes Abendbrot und aßen es beim Schein einer einzigen Kerze in meinem Zimmer. Wir beiden lebten wie Fremde in diesem großen, alten Haus, in dem der strenge Geist der alten Zeit und der jetzigen Herrin Tatjana Semjonowna über allem schwebte. Nicht nur sie, sondern auch die Leute, die alten Dienstmädchen, die Möbel, die Bilder, alles flößte mir Achtung und eine gewisse Furcht ein, und ich hatte das Gefühl, daß wir beide hier nicht so recht zu Hause seien und uns hier sehr vorsichtig und achtsam benehmen müßten. Wenn ich jetzt daran zurückdenke, sehe ich, daß vieles – sowohl diese für alle verbindliche, unabänderliche Ordnung als auch diese Unmenge müßiger, neugieriger Dienstboten in unserem Hause – unbequem und lästig war; damals aber belebte gerade diese Beschränkung unsere Liebe noch mehr. Nicht nur ich, sondern auch er ließ sich nie anmerken, daß ihm etwas mißfiel. Im Gegenteil: er schien sogar alles zu übersehen, was schlecht war. Mamas Kammerdiener Dmitrij Sidorow, der leidenschaftlich gern Pfeife rauchte, ging regelmäßig jeden Tag nach dem Mittagessen, wenn wir im Diwanzimmer waren, in das Zimmer meines Mannes, um sich Tabak aus dem Kasten zu holen; und man mußte sehen, mit welch heiterer Angst Sergej Michailowitsch auf Zehenspitzen zu mir schlich und drohend und augenzwinkernd auf Dmitrij Sidorowitsch deutete, der keine Ahnung davon hatte, daß er gesehen wurde. Und wenn Dmitrij Sidorowitsch, ohne uns bemerkt zu haben, wieder hinausgegangen war, dann war mein Mann heilfroh darüber, daß alles gut abgelaufen war, und sagte, wie er das bei jeder Gelegenheit tat, vor Freude zu mir, ich sei reizend, und küßte mich. Manchmal mißfiel mir diese Ruhe, diese Nachsicht in allem und diese scheinbare Gleichgültigkeit gegen alles; ich merkte nicht, daß ich es genauso machte, und hielt es für eine Schwäche. ›Wie ein Kind, das seinen Willen nicht zu zeigen wagt‹, dachte ich.

»Ach, liebes Kind«, antwortete er mir, als ich ihm einmal sagte, daß ich über seine Schwäche erstaunt sei, »kann man denn mit etwas unzufrieden sein, wenn man so glücklich ist wie ich? Es ist leichter, selbst nachzugeben, als andere zu beugen; zu dieser Überzeugung bin ich schon längst gelangt, und es gibt keine Lage, in der man nicht glücklich sein könnte. Wir haben es ja so gut. Ich kann mich nicht ärgern, für mich gibt es jetzt nichts Böses, sondern nur Bedauerliches und Lächerliches. Und was die Hauptsache ist: le mieux est l'ennemi du bien. Glaub mir, wenn ich das Glöckchen eines ankommenden Wagens höre, einen Brief erhalte, ja einfach wenn ich aufwache, wird mir bange. Ich fürchte mich davor, daß man leben muß, daß sich etwas verändern wird; besser als jetzt kann es ja aber gar nicht sein.«

Ich glaubte ihm, aber ich verstand ihn nicht. Es ging mir gut, aber ich meinte, daß eben alles so und nicht anders sein müsse und daß es allen Menschen so gehe, daß es aber irgendwo noch ein anderes Glück geben müsse, kein größeres, aber doch ein anderers.

So vergingen zwei Monate; der Winter kam mit seiner Kälte und seinen Schneestürmen, und obwohl mein Mann bei mir war, begann ich doch mich einsam zu fühlen; ich hatte die Empfindung, daß das Leben sich immer wiederhole, daß weder bei mir noch bei meinem Mann etwas Neues zum Vorschein komme, daß wir im Gegenteil gleichsam zum alten zurückkehrten. Er fing an, sich mehr als bisher mit seinen Angelegenheiten zu beschäftigen, ohne mit mir darüber zu sprechen, und ich hatte wiederum den Eindruck, daß es in seiner Seele eine besondere Welt gebe, in die er mich nicht einlassen wolle. Ich liebte ihn nicht weniger als vorher und fühlte mich nicht weniger als vorher durch seine Liebe beglückt; aber meine Liebe war zum Stillstand gekommen und wuchs nicht weiter, und neben der Liebe begann sich ein neues unruhiges Gefühl in mein Herz einzuschleichen. Es genügte mir nicht mehr, ihn zu lieben, nachdem ich das Glück, ihn liebzugewinnen, erfahren hatte. Was ich wünschte, war Bewegung und nicht ein ruhiges Dahinfließen des Lebens. Es verlangte mich nach Aufregungen, nach Gefahren, nach Selbstaufopferung um eines Gefühles willen. In mir war ein Überschuß von Kraft, der in unserem stillen Leben keinen Raum zur Betätigung fand. Ich hatte Anfälle von Schwermut, die ich wie etwas Schlechtes vor ihm zu verbergen suchte, und dann

wieder Anfälle von ungestümer Zärtlichkeit und Heiterkeit, die ihn erschreckten. Er erkannte meinen Zustand früher als ich und schlug mir vor, in die Stadt zu ziehen; aber ich bat ihn, er möchte es nicht tun, unsere bisherige Lebensweise nicht ändern und unser Glück nicht stören. Ich war wirklich glücklich, aber dieses Glück kostete mich weder Mühe noch Opfer. Dabei besaß ich die Kraft für Mühe und Opfer, konnte sie aber nicht anwenden, und das quälte mich. Ich liebte ihn und sah, daß ich sein ein und alles war; aber ich wünschte, daß alle Menschen unsere Liebe sähen, mich in meiner Liebe irrezumachen suchten und ich ihn dennoch weiterliebte. Mein Verstand und sogar meine Gefühle waren beschäftigt; aber da war noch ein anderes Gefühl – die Jugend, das Bedürfnis, sich zu regen, das in unserem stillen Leben keine Befriedigung fand. Warum hatte er zu mir gesagt, wir könnten in die Stadt ziehen, sobald ich es nur wünschte? Hätte er mir das nicht gesagt, so hätte ich vielleicht eingesehen, daß das Gefühl, das mich peinigte, ein schädlicher Unsinn und meine eigene Schuld war und daß das Opfer, nach dem ich suchte, hier vor mir lag und in der Unterdrückung dieses Gefühls bestand. Der Gedanke, daß ich mich von meiner Schwermut befreien könnte, wenn wir in die Stadt übersiedelten, beschäftigte mich nun unwillkürlich, und gleichzeitig wollte ich ihn nicht um meinetwillen von allem losreißen, was er liebte; ich schämte mich, und er tat mir leid. Aber die Zeit ging dahin, der Schnee wehte die Mauern unseres Hauses immer mehr zu, und wir waren immer allein, und wir waren stets dieselben voreinander; dort aber, irgendwo, in Glanz und Lärm, litten und freuten sich Scharen von Menschen, ohne an uns und unser dahinfließendes Dasein zu denken. Das Schlimmste war für mich, daß ich fühlte, wie die Lebensgewohnheiten unser Dasein mit jedem Tage mehr in eine bestimmte Form zwangen, wie unser Gefühl unfrei wurde und sich dem gleichmäßigen, leidenschaftslosen Lauf der Zeit unterwarf. Morgens waren wir heiter, mittags respektvoll, abends zärtlich. ›Gutes tun! . . .‹ sagte ich zu mir selbst; ›nun ja, es ist ja ganz schön, Gutes zu tun und ehrenhaft zu leben, wie er sagt; doch dazu haben wir immer noch Zeit; aber es gibt etwas, wozu ich nur jetzt die Kraft besitze.‹ Das brauchte ich nicht, ich brauchte Kampf, ich wollte, daß das Gefühl unser Leben bestimme und nicht das Leben unser Gefühl bestimme. Ich wollte mit ihm zusammen an einen Abgrund gehen und sagen: ›Ein Schritt, und ich stürze mich hinunter, eine Bewegung, und ich bin verloren‹; und dann sollte er mich erbleichend am Rande des Abgrunds in seine starken Arme nehmen, mich über dem Abgrund halten, so daß mir das Herz zu Eis erstarrte, und mich forttragen, wohin er wollte.

Dieser Gemütszustand wirkte sogar auf meine Gesundheit, und meine Nerven begannen zu leiden. Eines Morgens fühlte ich mich noch schlechter als sonst; er kam verstimmt aus dem Kontor zurück, was bei ihm nur selten vorkam. Ich merkte das sofort und fragte ihn, was er habe; aber er wollte es mir nicht sagen, sondern erwiderte, es sei nicht der Rede wert. Wie ich später erfuhr, hatte der Bezirkshauptmann ein paar von unseren Bauern vorgeladen, aus Übelwollen gegen meinen Mann, etwas Gesetzwidriges von ihnen verlangt und ihnen gedroht. Mein Mann hatte das alles noch nicht genügend verdaut, er konnte es noch nicht lächerlich und erbärmlich finden, war gereizt und wollte daher nicht mit mir reden. Ich aber glaubte, er wolle deshalb nicht mit mir reden, weil er mich für ein Kind hielt, das nicht verstehen konnte, was ihn beschäftigte. Ich wandte mich von ihm ab, schwieg und befahl, Marja Minitschna, die damals bei uns zu Besuch war, zum Tee zu bitten. Nach dem Teetrinken, das ich sehr rasch beendete, führte ich Marja Minitschna ins Diwanzimmer und begann laut mit ihr über irgendeinen Unsinn zu sprechen, der mir vollkommen gleichgültig war. Er ging im Zimmer auf und ab und sah uns hin und wieder an. Diese Blicke wirkten jetzt so auf mich, daß ich Lust bekam, immer mehr zu reden und sogar zu lachen; alles, was ich selbst sagte, und alles, was Marja Minitschna sagte, kam mir komisch vor. Ohne mir ein Wort zu sagen, ging er in sein Zimmer und machte die Tür hinter sich zu. Sobald ich ihn nicht mehr hörte, war meine Heiterkeit plötzlich verschwunden, so daß Marja Minitschna sich wunderte und mich fragte, was ich hätte. Ohne ihr zu antworten, setzte ich mich auf ein Sofa und hätte am liebsten geweint. ›Was geht ihm denn im Kopf herum?‹ dachte ich. ›Irgendein Unsinn, der ihm wichtig vorkommt. Wenn er es mir sagte, würde ich ihm schon zeigen, daß es lauter dummes Zeug ist. Aber nein, er will denken, daß ich ihn nicht verstehe; er will mich durch seine erhabene Ruhe demütigen und mir gegenüber immer recht haben. Andrerseits habe auch ich recht, wenn es mir hier langweilig und öde vorkommt und ich mich danach sehne, wahrhaft zu leben, mich zu bewegen‹, dachte ich, ›und nicht immer auf einem Fleck stehen und fühlen mag, wie die Zeit an mir vorbeizieht. Ich will vorwärts gehen und täglich, stündlich Neues erleben; er aber will stehenbleiben und auch mich zurückhalten. Und wie leicht wäre es ihm, alles anders zu gestalten! Dazu braucht er mich nicht in die Stadt zu bringen, dazu braucht er nur so zu sein wie ich, sich nicht zu verstellen, sich keinen Zwang aufzuerlegen, sondern einfach und natürlich zu leben. Das rät er mir immer, aber er selbst ist nicht einfach und natürlich. So ist's!‹

Ich fühlte, daß mir die Tränen kamen und daß ich wütend auf ihn war. Ich erschrak über diese gereizte Stimmung und ging zu ihm. Er saß in seinem Zimmer und schrieb. Als er meine Schritte hörte, wandte er sich gleichmütig und ruhig einen Augenblick um und schrieb dann weiter. Dieser Blick gefiel mir nicht; statt an ihn heranzutreten, blieb ich an dem Tisch stehen, an dem er schrieb, schlug ein Buch auf und sah hinein. Er unterbrach seine Arbeit noch einmal und sah mich an.

»Bist du verstimmt, Mascha?« fragte er.

Ich antwortete mit einem kalten Blick, der besagte: ›Wozu fragst du erst noch? Was sind das für Liebenswürdigkeiten?‹

Er schüttelte den Kopf und lächelte mit schüchterner Zärtlichkeit; aber zum ersten Male wurde sein Lächeln nicht erwidert.

»Was hast du heute gehabt?« fragte ich. »Warum hast du es mir nicht gesagt?«

»Vollkommen unwichtig, eine kleine Unannehmlichkeit«, antwortete er. »Aber jetzt kann ich es dir erzählen. Zwei Bauern sind in der Stadt gewesen . . .«

Aber ich ließ ihn nicht ausreden.

»Warum hast du es mir nicht gleich erzählt, als ich dich beim Tee danach fragte?«

»Ich hätte dir eine Dummheit gesagt; ich war zornig.«

»Gerade da wollte ich es aber wissen.«

»Warum?«

»Weshalb glaubst du, daß ich dir nie bei irgend etwas helfen kann?«

»Wieso glaube ich das?« erwiderte er und warf die Feder hin. »Ich glaube, daß ich ohne dich nicht leben kann. In allen Dingen, in allen Dingen hilfst du mir nicht nur, sondern du bist es sogar, die alles macht. Was ist das für ein wunderlicher Einfall von dir!« rief er lachend. »Ich lebe nur durch dich. Alles scheint mir nur deshalb gut, weil du da bist, weil ich dich habe . . .«

»Ja, das kenne ich; ich bin ein liebes Kind, das man beruhigen muß«, sagte ich in einem Ton, daß er mich erstaunt ansah, als hörte er das zum ersten Mal. »Ich will keine Ruhe, davon besitzt du genug, mehr als genug«, fügte ich hinzu.

»Nun, dann höre, worum es sich handelt«, unterbrach er mich hastig, als fürchtete er, mich alles aussprechen zu lassen. »Wie würdest du darüber urteilen . . .«

»Jetzt will ich nicht«, antwortete ich. Ich hätte ihm zwar gern zugehört, aber es machte mir Vergnügen, ihn in seiner Ruhe zu stören. »Ich will nicht mit dem

Leben spielen, ich will wirklich leben«, sagte ich, »genauso wie du.«

Sein Gesicht, das alles immer so schnell und lebhaft widerspiegelte, drückte Schmerz und angestrengte Aufmerksamkeit aus.

»Ich will gleichberechtigt mit dir leben, ich will mit dir . . .« Aber ich konnte nicht zu Ende sprechen: eine solche Traurigkeit, eine so tiefe Traurigkeit kam in seinem Gesicht zum Ausdruck.

Er schwieg eine Weile.

»Aber in welcher Hinsicht lebst du denn nicht gleichberechtigt mit mir?« sagte er. »Darin, daß ich mich mit dem Bezirkshauptmann und den betrunkenen Bauern herumärgere und du nicht?«

»Das ist nicht das einzige«, sagte ich.

»Um Gottes willen, verstehe mich doch, Liebste«, fuhr er fort. »Ich weiß, daß Aufregungen einem immer Schmerz bereiten; ich habe gelebt und habe das erfahren. Ich liebe dich und muß daher wünschen, dich vor Aufregungen zu bewahren. Darin besteht mein Leben; mein Leben besteht in der Liebe zu dir: also hindere auch du mich nicht zu leben.«

»Du hast immer recht!« sagte ich, ohne ihn anzusehen.

Ich war darüber erbost, daß in seiner Seele wieder alles klar und ruhig war, während ich mich ärgerte und ein Gefühl wie Reue spürte.

»Mascha! Was hast du?« sagte er. »Es handelt sich nicht darum, ob ich recht habe oder du, sondern um etwas ganz anderes: was hast du gegen mich? Antworte mir nicht sofort; überlege erst, und dann sage mir alles, was du denkst. Du bist mit mir unzufrieden und hast gewiß recht. Aber laß mich wissen, was ich falsch gemacht habe.«

Aber wie hätte ich ihm meinen Seelenzustand schildern können? Der Umstand, daß er mich sogleich verstanden hatte, daß ich wieder wie ein kleines Kind vor ihm stand, daß ich nichts tun konnte, was er nicht verstanden und vorausgesehen hätte, steigerte meine Erregung noch mehr.

»Gar nichts habe ich gegen dich«, versetzte ich. »Ich langweile mich einfach und möchte, daß es nicht langweilig ist. Aber du sagst, daß es so sein muß, und hast wieder einmal recht!«

Bei diesen Worten sah ich ihn an. Ich hatte meine Absicht erreicht: seine Ruhe war verschwunden; Angst und Schmerz malten sich auf seinem Gesicht.

»Mascha«, begann er mit leiser, erregter Stimme, »was wir jetzt tun, ist kein Scherz. Jetzt entscheidet sich unser Schicksal. Ich bitte dich, mir nichts zu antworten und mich anzuhören. Warum willst du mich quälen?«

Aber ich unterbrach ihn.

»Ich weiß, du wirst recht haben. Sprich lieber nicht; du hast recht«, sagte ich kalt, als spräche nicht ich, sondern ein böser Geist in mir.

»Wenn du wüßtest, was du tust!« erwiderte er mit zitternder Stimme.

Ich brach in Tränen aus, und es wurde mir leichter ums Herz. Er saß neben mir und schwieg. Er tat mir leid, und ich schämte mich und ärgerte mich über das, was ich getan hatte. Ich sah ihn nicht an. Ich glaubte, er müsse mich in diesem Augenblick entweder streng oder erstaunt ansehen. Zuletzt wandte ich mich doch zu ihm hin: ich sah einen milden, zärtlichen, wie um Verzeihung bittenden Blick auf mich gerichtet. Ich nahm seine Hand und sagte:

»Verzeih mir, ich weiß selbst nicht, was ich gesagt habe.«

»Ja, aber ich weiß, was du gesagt hast, und du hast die Wahrheit gesagt.«

»Wieso?« fragte ich.

»Daß wir nach Petersburg fahren müssen«, antwortete er.

»Hier können wir jetzt nichts tun.«

»Wie du willst«, sagte ich.

Er umarmte und küßte mich.

»Verzeih du mir«, sagte er. »Ich bin schuld.«

An diesem Abend spielte ich ihm lange vor; er aber ging im Zimmer auf und ab und flüsterte vor sich hin. Er hatte die Gewohnheit, so zu flüstern; ich fragte ihn oft, was er eigentlich flüstere, und er sagte mir nach einigem Nachdenken immer, was es gewesen war: meistens waren es Verse gewesen und manchmal schrecklicher Unsinn, aber ein Unsinn, an dem ich seine Gemütsstimmung erkannte.

»Was flüsterst du jetzt?« fragte ich ihn.

Er blieb stehen, dachte einen Augenblick nach und antwortete lächelnd mit zwei Versen von Lermontow:

›Doch er, der Tor, verlangt nach Stürmen,
als brächten je die Stürme Ruh.‹

›Nein, er ist ein Übermensch; er weiß alles!‹ dachte ich. ›Wie sollte ich ihn nicht lieben!‹

Ich stand auf, faßte ihn unter den Arm und begann im gleichen Schritt mit ihm durchs Zimmer zu gehen.

»Ja?« fragte er lächelnd und sah mich an.

»Ja«, antworte ich flüsternd, und eine heitere Stimmung kam über uns beide; unsere Augen lachten, und wir machten immer größere Schritte und gingen auf die Zehenspitzen. In diesem Schritt wanderten wir zum großen Mißvergnügen Grigorijs und zum Erstaunen der Mama, die im Salon Patience legte, durch alle Zimmer bis in das Eßzimmer; dort blieben wir stehen, sahen einander an und brachen in ein lautes Gelächter aus.

Vierzehn Tage darauf, noch vor dem Fest, waren wir schon in Petersburg.

2

Unsere Reise nach Petersburg, ein einwöchiger Aufenhalt in Moskau, die Besuche bei seinen und meinen Verwandten, die Einrichtung der neuen Wohnung, die Fahrt, die neuen Städte und die neuen Gesichter, alles das zog an mir vorüber wie ein Traum. All das war so mannigfaltig, so neu und heiter, und alles war von seiner Gegenwart und von seiner Liebe so warm und hell beleuchtet, daß das stille Landleben mir als etwas längst Vergangenes und Wertloses erschien. Eines erregte mein großes Erstaunen: statt des Stolzes und der Kälte, die ich bei den Mitgliedern der vornehmen Gesellschaft zu finden erwartet hatte, kamen mir alle mit einer so ungeheuchelten Freundlichkeit und Freude entgegen – und zwar nicht nur unsere Verwandten, sondern auch Unbekannte –, als hätten sie alle nur an mich gedacht und nur auf mich gewartet, damit ihnen wohl ums Herz werde. Ebenso überraschend war es für mich, in dem Gesellschaftskreis, den ich für den allerbesten hielt, viele Bekannte meines Mannes zu finden, von denen er mir nie erzählt hatte, und ich fühlte mich oft seltsam und unangenehm berührt, wenn ich aus seinem Munde strenge Urteile über einige dieser Menschen hörte, die mir so gut zu sein schienen. Ich konnte nicht begreifen, warum er sie so kühl behandelte und vielen Bekanntschaften aus dem Wege zu gehen suchte, die mir schmeichelhaft vorkamen. Ich meinte, je mehr gute Menschen man kenne, um so besser sei es, und sie waren alle gut.

»Hör einmal zu, wie wir uns einrichten wollen«, hatte er vor der Abreise von unserem Gut zu mir gesagt: »Hier sind wir kleine Krösusse, aber dort werden wir sehr wenig reich sein; deshalb dürfen wir nur bis zur Osterwoche in der Stadt bleiben und nicht in der großen Welt verkehren, sonst kommen wir in Schwierigkeiten. Auch möchte ich um deinetwillen nicht . . .«

»Wozu brauchen wir die große Welt?« hatte ich erwidert. »Wir wollen nur ins Theater gehen, unsere Verwandten besuchen, manchmal eine Oper und andere gute Musik hören und noch vor der Osterwoche aufs Land zurückkehren.«

Aber als wir in Petersburg ankamen, waren diese

Pläne vergessen. Ich fand mich plötzlich in einer so neuen, glücklichen Welt, so viele Freuden umgaben mich, so viele neue Interessen tauchten vor mir auf, daß ich mich, wenn auch unbewußt, von meiner ganzen Vergangenheit und von allen Plänen dieser Vergangenheit lossagte. ›Das alles war nur ein Scherz, ich habe noch gar nicht angefangen zu leben. Aber hier ist es, das wirkliche Leben! Und was wird wohl noch kommen?‹ dachte ich. Die Unruhe und die Schwermut, die mich auf dem Lande gequält hatten, verschwanden plötzlich wie durch Zauberei. Die Liebe zu meinem Mann wurde ruhiger, und hier kam mir niemals der Gedanke, ob er mich etwa weniger liebe als früher. Ich konnte ja auch nicht an seiner Liebe zweifeln: er verstand sofort jeden meiner Gedanken, teilte alle meine Gefühle, erfüllte jeden meiner Wünsche. Seine Ruhe war hier verschwunden oder reizte mich nicht auf. Zudem fühlte ich, daß er, abgesehen von seiner früheren Liebe zu mir, mich hier auch noch mit Bewunderung ansah. Oft sagte er nach einem Besuch, nach einer neuen Bekanntschaft oder nach einer Abendgesellschaft bei uns, bei der ich, innerlich zitternd vor Furcht, einen Fehler zu begehen, die Pflichten der Hausfrau erfüllt hatte: »Bravo, liebes Kind, vorzüglich, sei nur nicht ängstlich, du hast deine Sache wirklich gut gemacht!« Und ich war sehr froh darüber. Bald nach unserer Ankunft schrieb er einen Brief an seine Mutter, und als er mich aufforderte, ein paar Zeilen hinzuzufügen, wollte er mich nicht lesen lassen, was er geschrieben hatte; ich bestand natürlich darauf und las. ›Sie würden Mascha gar nicht wiedererkennen‹, hatte er geschrieben, »und ich selbst erkenne sie nicht wieder. Woher hat sie nur diese allerliebste, anmutige Sicherheit, diese affabilité, und sogar diese gesellschaftliche Gewandtheit und Liebenswürdigkeit? Und alles ist so einfach, nett und treuherzig. Alle Leute sind von ihr entzückt, und ich selbst werde nicht müde, sie bewundernd zu betrachten, und wenn es möglich wäre, würde ich sie noch mehr lieben als bisher.‹

›Ah, so bin ich also!‹ dachte ich. Und es wurde mir so wohl und heiter zumute, und es schien mir sogar, daß ich ihn noch mehr liebte. Mein Erfolg bei allen unseren Bekannten war mir völlig überraschend. Von allen Seiten wurde mir gesagt, daß ich dort einem Onkel außerordentlich gefallen hätte, hier ein Tante ganz vernarrt in mich sei; ein Herr sagte mir, in ganz Petersburg gebe es keine Frau, die sich mit mir vergleichen könnte; eine Dame versicherte mir, ich brauche nur zu wollen, um die begehrteste Dame der Gesellschaft zu sein. Eine Cousine meines Mannes, die Fürstin D., eine nicht mehr junge Dame der großen Welt, hatte sich plötzlich ganz besonders in mich verliebt; sie sagte mir noch mehr schmeichelhafte Dinge als die anderen und verdrehte mir dadurch den Kopf. Als die Cousine mich zum ersten Mal aufforderte, mit ihr einen Ball zu besuchen, und meinen Mann darum bat, wandte er sich zu mir und fragte mich mit einem kaum merklichen schlauen Lächeln, ob ich gern hingehen würde. Ich nickte und fühlte, wie ich errötete.

»Mit der Miene einer Sünderin gesteht sie, was sie gern möchte«, sagte er mit gutmütigem Lachen.

»Du hast doch gesagt, daß wir nicht auf Gesellschaften gehen dürfen, und du liebst es ja nicht«, antwortete ich lächelnd und sah ihn mit einem flehenden Blick an.

»Wenn du es sehr gern möchtest, fahren wir hin«, sagte er.

»Nein, wirklich, lieber nicht.«

»Möchtest Du? Sehr?« fragte er wieder.

Ich antwortete nicht.

»Das gesellschaftliche Leben ist kein Übel«, fuhr er fort, »aber die unerfüllbaren Wünsche, die es hervorruft – das ist ebenso häßlich wie schlecht. Wir müssen diesen Ball unbedingt mitmachen, und wir werden hinfahren«, schloß er in entschiedenem Ton.

»Um die Wahrheit zu gestehen«, sagte ich, »ich habe mir nichts in der Welt so sehr gewünscht wie diesen Ball.«

Wir fuhren hin, und das Vergnügen, das ich empfand, übertraf alle meine Erwartungen. Auf dem Ball hatte ich noch mehr als bisher den Eindruck, daß ich der Mittelpunkt sei, um den sich alles drehte, daß dieser große Saal nur für mich erleuchtet sei, die Musik nur für mich spiele und diese Menschenmenge, die von mir entzückt war, sich nur um meinetwillen versammelt habe. Alle, angefangen von dem Friseur und der Zofe bis zu den Tänzern und den alten Herren, die durch den Saal gingen, schienen mir zu sagen und mich fühlen zu lassen, daß sie mich bewunderten. Das allgemeine Urteil, das auf diesem Ball über mich gefällt und mir von der Cousine mitgeteilt wurde, ging dahin, daß ich den anderen Frauen gar nicht ähnlich sei, daß ich etwas Besonderes, Ländliches, Natürliches, Reizvolles an mir hätte. Dieser Erfolg schmeichelte mir dermaßen, daß ich meinem Mann offen sagte, ich hätte den Wunsch, in diesem Jahr noch zwei, drei Bälle mitzumachen; »um sie ordentlich satt zu bekommen«, fügte ich gegen mein Gewissen hinzu.

Mein Mann war gern einverstanden und begleitete mich in der ersten Zeit mit sichtlichem Vergnügen; er freute sich über meine Erfolge und schien das, was er früher gesagt hatte, völlig vergessen oder seine Meinung geändert zu haben.

Später begann er sichtlich sich zu langweilen und sich durch das Leben, das wir führten, bedrückt zu fühlen. Aber ich beachtete das weiter nicht; wenn ich auch manchmal seinen ernsten Blick prüfend und fragend auf mich gerichtet fühlte, so verstand ich seine Bedeutung nicht. Ich war wie berauscht von dieser, wie ich glaubte, plötzlich erwachten Zuneigung, die mir alle Menschen hier entgegenbrachten, und von dieser Atmosphäre der Eleganz, des Vergnügens und des Neuen, die ich hier zum ersten Mal atmete; der mich bedrückende moralische Einfluß meines Mannes verschwand so plötzlich, es war mir so angenehm, in dieser Welt nicht nur auf gleicher Stufe mit ihm, sondern sogar über ihm zu stehen und ihn dafür noch mehr und selbständiger zu lieben als früher, daß ich nicht verstand, was er in diesem gesellschaftlichen Leben Bedenkliches für mich finden konnte. Ich hatte ein mir neues Gefühl des Stolzes und der Selbstzufriedenheit, wenn bei meinem Erscheinen im Ballsaal alle Augen sich auf mich richteten; er aber beeilte sich, mich zu verlassen, und verlor sich in der schwarzen Schar der Fräcke; als schämte er sich, vor dieser ganzen

Menschenmenge sein Besitzrecht auf mich zu bekennen. ›Warte!‹ dachte ich oft, wenn ich mit den Augen seine unauffällige Gestalt suchte, die manchmal gelangweilt am Ende des Saales stand. ›Warte nur!‹ dachte ich, ›laß uns erst nach Hause kommen, dann wirst du sehen und verstehen, für wen ich so schön und strahlend sein will und wen ich von all denen, die mich heute umgeben, liebe.‹ Ich glaubte aufrichtig, daß meine Erfolge mich nur um seinetwillen freuten und weil ich sie ihm wie ein Opfer darbringen konnte. Die einzige Gefahr des gesellschaftlichen Lebens lag meiner Ansicht nach in der Möglichkeit, daß ich eine Neigung zu einem der Männer fassen könnte, mit denen ich zusammenkam, und daß mein Mann eifersüchtig würde; aber er vertraute mir so fest und schien so ruhig und gleichmütig zu sein, und alle diese jungen Männer kamen mir im Vergleich zu ihm so unbedeutend vor, daß diese nach meiner Auffassung einzige Gefahr des gesellschlaftlichen Lebens mir nicht allzu schrecklich schien. Aber die Aufmerksamkeit, die mir so viele Leute der Gesellschaft schenkten, machte mir trotzdem Vergnügen; sie schmeichelte meiner Eigenliebe, brachte mich auf den Gedanken, daß meine Liebe zu meinem Mann etwas Verdienstliches sei, und machte mein Benehmen ihm gegenüber selbstbewußter und nachlässiger.

»Ich habe gesehen, wie lebhaft du dich mit N. N. unterhalten hast«, sagte ich einmal nach der Rückkehr vom Ball zu ihm und drohte ihm mit dem Finger; ich hatte eine der bekanntesten Petersburger Damen genannt, mit denen er sich an diesem Abend tatsächlich unterhalten hatte. Ich sagte das, um ihn aufzuheitern, weil er besonders schweigsam und gelangweilt war.

»Ach, wozu solche Redensarten? Und aus deinem Munde Mascha!« murmelte er zwischen den Zähnen und verzog das Gesicht wie in körperlichem Schmerz. »Das paßt so wenig zu dir und zu mir! Überlaß das anderen Leuten; solche trügerischen Beziehungen können unsere echten verderben, und ich hoffe doch, daß diese echten Beziehungen wiederkehren.«

Ich schämte mich und schwieg.

»Werden sie wiederkehren, Mascha? Was meinst du?« fragte er.

»Sie sind nie verdorben worden und werden nie verdorben werden«, sagte ich, und das glaubte ich damals wirklich.

»Das gebe Gott!« erwiderte er. »Sonst wäre es Zeit, daß wir aufs Land zurückkehrten.«

Aber das sagte er nur einmal zu mir, die ganze übrige Zeit schien er sich ebenso wohl zu fühlen wie ich, und ich war sehr heiter und vergnügt. ›Wenn er sich auch manchmal langweilt‹, tröstete ich mich, ›ich habe mich ja um seinetwillen auch auf dem Lande gelangweilt. Unser Verhältnis hat sich wohl ein bißchen geändert, aber das alles wird in Ordnung kommen, sobald wir im Sommer wieder allein mit Tatjana Semjonowna in Nikolskoje sind.‹

So ging der Winter für mich unmerklich vorüber, und wir verbrachten gegen unsere Pläne auch noch die Osterwoche in Petersburg. In der Woche nach Ostern rüsteten wir uns zur Abreise; alles war schon gepackt, mein Mann hatte bereits alles eingekauft, Geschenke,

Blumen und verschiedene Dinge, die wir auf dem Lande brauchten, und war in besonders zärtlicher, vergnügter Stimmung. Da kam unerwartet die Cousine zu uns und bat, wir möchten doch noch bis Sonnabend bleiben, um den Rout bei der Gräfin R. zu besuchen. Sie sagte, die Gräfin R. lasse mich dringend bitten zu kommen; Prinz M., der sich damals in Petersburg aufhielt, habe schon auf dem vorigen Ball meine Bekanntschaft zu machen gewünscht, er werde nur deshalb den Rout besuchen und habe gesagt, ich sei die schönste Frau in Rußland. Die ganze Stadt werde dort sein; kurz, es sei keine Art, wenn ich nicht hinkäme.

Mein Mann saß am andern Ende des Salons und unterhielt sich mit jemand.

»Also, nicht wahr, Sie kommen, Marie?« sagte die Cousine.

»Wir wollten übermorgen wieder aufs Land fahren«, antwortete ich unentschlossen und sah auf meinen Mann. Unsere Blicke begegneten sich; er wandte sich hastig ab.

»Ich werde ihn überreden, noch zu bleiben«, sagte die Cousine; »und wir fahren Sonnabend zum Rout und verdrehen den Leuten die Köpfe. Ja?«

»Das würde unsere Pläne stören; wir haben schon gepackt«, antwortete ich; aber ich begann schwach zu werden.

»Sie täte besser daran, heute abend dem Prinzen ihre Aufwartung zu machen«, rief mein Mann gereizt und in mühsam beherrschtem Ton vom anderen Ende des Zimmers her; einen solchen Ton hatte ich noch nie von ihm gehört.

»Ach! Er ist eifersüchtig; das sehe ich zum ersten Mal!« rief die Cousine lachend. »Aber ich rede ihr ja nicht bloß um des Prinzen willen zu, Sergej Michailowitsch, sondern um unser aller willen. Die Gräfin R. hat sie so gebeten zu kommen.«

»Das hängt von ihr ab«, sagte mein Mann kühl und ging hinaus.

Ich sah, daß er erregter war als gewöhnlich; das beunruhigte mich, und ich versprach der Cousine nichts. Sobald sie weggefahren war, ging ich zu meinem Mann. Er ging nachdenklich auf und ab und sah und hörte nicht, wie ich auf Zehenspitzen ins Zimmer kam.

›Er sieht in Gedanken schon das liebe Haus in Nikolskoje‹, dachte ich bei seinem Anblick, ›und den Morgenkaffee im hellen Salon und seine Felder und die Bauern und die Abende im Diwanzimmer und unsere geheimen nächtlichen Mahlzeiten. Nein!‹ sagte ich entschlossen zu mir selbst, ›alle Bälle auf der Welt und die Schmeicheleien aller Prinzen auf der Welt gebe ich hin für seine verlegene Freude, für seine stille Zärtlichkeit.‹ Ich wollte ihm sagen, daß ich den Rout nicht besuchen würde, nicht besuchen wolle; da wandte er sich plötzlich um, und als er mich erblickte, zog er die Augenbrauen zusammen, und der sanfte, nachdenkliche Ausdruck seines Gesichts veränderte sich. Sein forschender Blick drückte wieder Weisheit und gönnerhafte Ruhe aus. Er wollte nicht, daß ich in ihm einen einfachen, natürlichen Menschen sähe, er mußte immer als Halbgott vor mir auf einem Piedestal stehen.

»Was ist, liebe Frau?« fragte er, sich lässig und ruhig zu mir umwendend.

Ich antwortete nicht. Ich ärgerte mich darüber, daß er sich vor mir versteckt und nicht der bleiben wollte, den ich liebte.

»Du willst am Sonnabend zu dem Rout fahren?« fragte er.

»Ich wollte es«, antwortete ich, »aber du hast es ja nicht gern. Zudem ist auch alles schon gepackt«, fügte ich hinzu.

Noch nie hatte er mich so kalt angesehen, noch nie so kalt mit mir gesprochen.

»Ich werde nicht vor Dienstag reisen und werde befehlen, die Sachen wieder auszupacken«, erwiderte er. »Daher kannst du den Rout besuchen, wenn du Lust dazu hast. Tu mir den Gefallen und fahre hin. Ich reise noch nicht ab.«

Wie immer, wenn er aufgeregt war, begann er mit ungleichmäßigen Schritten im Zimmer hin und her zu gehen und sah mich nicht an.

»Ich verstehe dich durchaus nicht« entgegnete ich; ich blieb auf einem Platz stehen und folgte ihm mit den Augen. »Du sagst, du seist immer so ruhig« (er hatte das niemals gesagt). »Warum sprichst du so sonderbar mit mir? Ich bin bereit, dir dieses Vergnügen zu opfern; du aber verlangst in einem ironischen Ton, in dem du noch nie mit mir gesprochen hast, daß ich es mitmachen soll.«

»Na also! Du bringst mir ein *Opfer*«, er betonte dieses Wort ganz besonders, »und ich bringe dir ein Opfer; was kann es Schöneres geben? Ein Wettstreit der Großmut! Kann man sich ein schöneres Familienglück denken?«

Es war das erste Mal, daß ich so bittere, spöttische Worte von ihm zu hören bekam. Aber sein Spott beschämte mich nicht, sondern brachte mich auf, und seine Bitterkeit erschreckte mich nicht, sondern teilte sich mir mit. Er, der in unseren Beziehungen immer die Phrasen gefürchtet hatte, er, der immer aufrichtig und natürlich war, er redete so? Wofür hatte ich das verdient? Dafür, daß ich ihm ein Vergnügen zum Opfer bringen wollte, in dem ich nichts Schlechtes sehen konnte, und dafür, daß ich ihn einen Augenblick vorher so verstanden und geliebt hatte! Wir hatten unsere Rollen vertauscht: er vermied die offenen, schlichten Worte, und ich suchte sie.

»Du hast dich sehr verändert«, sagte ich seufzend. »Was habe ich dir gegenüber verschuldet? Was du gegen mich auf dem Herzen hast, das ist nicht der Rout, sondern irgend etwas anderes, Älteres. Wozu diese Unaufrichtigkeit? Hast du sie nicht selbst früher gefürchtet? Sage mir offen, was du gegen mich hast?« – ›Irgend etwas wird er doch sagen‹, dachte ich und erinnerte mich selbstzufrieden, daß er mir diesen ganzen Winter über keinen Vorwurf hatte machen können.

Ich trat in die Mitte des Zimmers, so daß er nahe an mir vorübergehen mußte, und sah ihn an. ›Er wird auf mich zukommen, mich umarmen, und alles wird gut sein‹, ging es mir durch den Kopf, und es tat mir sogar leid, daß ich keine Gelegenheit haben würde, ihm zu beweisen, daß er im Unrecht sei. Aber er blieb am Ende des Zimmers stehen und sah mich an.

»Du verstehst immer noch nicht?« sagte er.

»Nein.«

»Nun, dann werde ich es dir sagen. Ich habe ein Gefühl des Ekels, zum ersten Mal, und ich kann mich dieses Gefühls nicht erwehren.« Er hielt inne, sichtlich erschrocken über den scharfen Klang seiner Stimme:

»Aber was ist denn?« fragte ich mit Tränen der Entrüstung in den Augen.

»Es ist mir ekelhaft, daß der Prinz dich schön gefunden hat und daß du deswegen hinläufst, um mit ihm zusammenzutreffen, und deinen Mann und dich selbst und deine Frauenwürde vergißt und nicht verstehen willst, was dein Mann für dich empfinden muß, wenn du selbst kein Gefühl für Würde hast. Im Gegenteil, du gehst so weit, deinem Mann zu sagen, du brächtest ihm ein *Opfer*, das heißt: ›Mich Seiner Hoheit zu zeigen, wäre für mich ein großes Glück – aber ich bringe es dir zum Opfer.‹«

Je länger er sprach, um so mehr geriet er durch den Klang seiner Stimme in Hitze, und diese Stimme klang böse, hart und scharf. Ich hatte ihn nie so gesehen und nicht geglaubt, daß ich ihn je so sehen würde: das Blut strömte mir zum Herzen; ich fürchtete mich; aber gleichzeitig erregte mich das Gefühl unverdienter Kränkung und beleidigten Ehrgefühls, und ich wollte mich rächen.

»Das habe ich längst erwartet«, sagte ich. »Sprich nur weiter, sprich nur weiter!«

»Ich weiß nicht, was du erwartet hast«, fuhr er fort; »ich konnte das Schlimmste erwarten, als ich dich Tag für Tag in dem Schmutz, dem Müßiggang, dem Luxus dieser dummen Gesellschaft sah; und was ich erwartet habe, ist eingetroffen. Heute habe ich Scham und Schmerz empfunden wie nie zuvor; tiefen Schmerz, als mir deine Freundin mit ihren unsauberen Händen ans Herz griff und von meiner Eifersucht zu reden begann, von meiner Eifersucht auf wen? Auf einen Menschen, den ich nicht kenne und den du nicht kennst. Du aber willst mich wie absichtlich nicht verstehen und willst mir ein Opfer bringen, was für ein Opfer? . . . Ich schäme mich für dich, schäme mich deiner Erniedrigung! . . . Ein Opfer!« sagte er noch einmal.

›Ah, das ist also die Macht des Gatten!‹ dachte ich. ›Er darf die Frau, die nichts begangen hat, beleidigen und demütigen. Dazu also ist der Mann berechtigt; aber ich werde mich nicht fügen.«

»Nein, ich werde dir kein Opfer bringen«, sagte ich und fühlte, wie sich meine Nasenflügel unnatürlich weiteten und das Blut aus meinem Gesicht wich. »Ich werde am Sonnabend den Rout besuchen, unter allen Umständen besuchen.«

»Gott schenke dir viel Vergnügen, aber zwischen uns ist alles aus!« schrie er in einem Anfall unbeherrschter Wut. »Aber du wirst mich nicht länger quälen. Ich war ein Narr, daß ich . . . »begann er von neuem; aber seine Lippen fingen an zu zucken, und er beherrschte sich mit sichtbarer Anstrengung, um den begonnenen Satz nicht zu Ende zu sprechen.

Ich fürchtete und haßte ihn in diesem Augenblick. Ich wollte ihm noch vieles sagen und mich für alle Kränkungen rächen, aber wenn ich den Mund geöffnet hätte, wäre ich in Tränen ausgebrochen und hätte mich dadurch vor ihm erniedrigt. Ich verließ schweigend das Zimmer. Doch sobald ich seine Schritte nicht mehr hörte, entsetzte ich mich plötzlich vor dem, was wir getan hatten. Ich fürchtete, daß dieses Band, das mein ganzes Glück bedeutete, für immer zerreißen könnte, und wollte umkehren. ›Hat er sich aber schon genügend beruhigt, um mich zu verstehen, wenn ich ihm schweigend die Hand hinstrecke und ihn ansehe?‹ dachte ich. ›Wird er meine Großmut verstehen? Was aber, wenn er meinen Kummer Heuchelei nennt oder im Bewußtsein seines Rechts meine Reue mit stolzer Ruhe hinnimmt und mir verzeiht? Und wofür, wofür hat er, den ich so innig liebe, mich so grausam gekränkt?‹

Ich ging nicht zu ihm, sondern in mein Zimmer, wo ich lange allein saß und weinte und mir voller Entsetzen jedes einzelne Wort unseres Gesprächs ins Gedächtnis zurückrief, diese Worte durch andere ersetzte, andere, gütige Worte hinzufügte und mich dann wieder entsetzt und gekränkt an alles erinnerte, was vorgefallen war. Als ich am Abend zum Tee erschien und in Gegenwart von S., der bei uns war, mit meinem Mann zusammentraf, fühlte ich, daß sich mit dem heutigen Tag eine tiefe Kluft zwischen uns aufgetan hatte. S. fragte mich, wann wir abreisen würden. Ich fand keine Zeit, ihm zu antworten.

»Am Dienstag«, antwortete mein Mann. »Wir wollen noch den Rout bei der Gräfin R. besuchen. Du wirst doch hinfahren?« wandte er sich an mich.

Ich erschrak über den Ton dieser sonst so natürlichen Stimme und sah meinen Mann schüchtern an. Seine Augen waren gerade auf mich gerichtet, ihr Blick war böse und spöttisch, seine Stimme klang ruhig und kalt.

»Ja«, erwiderte ich.

Am Abend, als wir miteinander allein waren, trat er auf mich zu und streckte mir die Hand hin.

»Bitte, vergiß was ich zu dir gesagt habe«, sagte er.

Ich ergriff seine Hand; ein zitterndes Lächeln überzog mein Gesicht, und Tränen traten mir in die Augen; aber er entzog mir seine Hand und setzte sich ziemlich weit von mir entfernt in einen Lehnstuhl, als befürchte er eine gefühlvolle Szene. ›Glaubt er sich wirklich immer noch im Recht?‹ dachte ich, und die beabsichtigte Erklärung und die Bitte, nicht an dem Rout teilzunehmen, gingen mir nicht über die Lippen.

»Ich muß an meine Mutter schreiben, daß wir unsere Abreise verschoben haben«, sagte er, »sonst beunruhigt sie sich.«

»Wann gedenkst du denn zu reisen?« fragte ich.

»An dem Dienstag nach dem Rout«, antwortete er.

»Ich hoffe, daß du das nicht um meinetwillen tust«, sagte ich und sah ihm in die Augen; aber seine Augen sahen mich nur an, ohne mir etwas zu sagen, als wären sie mit einem Schleier verhüllt. Sein Gesicht erschien mir plötzlich alt und unangenehm.

Wir fuhren zu dem Rout, und es schienen wieder gute, freundliche Beziehungen zwischen uns zu bestehen; aber diese Beziehungen waren ganz anders als früher.

Auf dem Rout saß ich zwischen anderen Damen, als der Prinz zu mir trat, so daß ich aufstehen mußte, um mit ihm zu sprechen. Während ich aufstand, suchte ich unwillkürlich mit den Augen meinen Mann und sah, daß er vom anderen Ende des Saales her mich beobachtete und sich dann abwandte. Ich war plötzlich so beschämt und traurig, daß ich schrecklich verlegen wurde und unter dem Blick des Prinzen über das ganze Gesicht und den Hals errötete. Aber ich mußte stehen bleiben und anhören, was er zu mir sagte, während er mich herablassend betrachtete. Unser Gespräch dauerte nicht lange; er konnte sich nicht neben mich setzen und fühlte wahrscheinlich, daß es mir sehr peinlich war, so mit ihm dazustehen. Das Gespräch drehte sich um den letzten Ball, und wo ich den Sommer verleben würde, und so weiter. Als er sich von mir verabschiedete, sprach er den Wunsch aus, mit meinem Mann bekannt zu werden, und ich sah, wie sie am anderen Ende des Saales zusammentrafen und sich unterhielten. Der Prinz sagte wohl etwas über mich, denn er wandte sich mitten im Gespräch lächelnd nach unserer Seite um.

Mein Mann wurde auf einmal dunkelrot, verbeugte sich tief und ging von dem Prinzen fort. Ich errötete ebenfalls; ich schämte mich bei dem Gedanken, was für einen Begriff der Prinz von mir und besonders von meinem Mann bekommen haben mußte. Ich glaubte, daß alle meine unbeholfene Schüchternheit bemerkt hätten und auch das sonderbare Benehmen meines Mannes. Ich dachte: ›Gott weiß, wie sie das deuten mögen, und vielleicht wissen sie schon von meinem Gespräch mit meinem Mann.‹ Die Cousine brachte mich in ihrem Wagen nach Hause, und unterwegs sprach ich mit ihr über meinen Mann. Ich konnte mich nicht halten und erzählte ihr alles, was anläßlich dieses unglückseligen Routs zwischen uns vorgefallen war. Sie beruhigte mich und sagte, das sei ein völlig unbedeutendes, ganz gewöhnliches Zerwürfnis, das keinerlei Spuren hinterlassen werde; sie erklärte mir von ihrem Gesichtspunkt aus den Charakter meines Mannes und fand, daß er sehr verschlossen und stolz geworden sei. Ich stimmte ihr bei, und es schien mir, daß ich ihn besser und ruhiger beurteilen könne.

Aber nachher, als ich mit meinem Mann unter vier Augen war, lastete dieses Urteil, das ich über ihn gefällt hatte, wie ein Verbrechen auf meinem Gewissen. Ich fühlte, daß die Kluft, die uns jetzt voneinander trennte, noch größer geworden war.

3

Von diesem Tage an änderten sich unser Leben und unsere wechselseitigen Beziehungen völlig. Wir fühlten uns, wenn wir allein waren, nicht mehr so wohl wie früher. Es gab Fragen, die wir umgingen, und es fiel uns in Gegenwart eines dritten leichter zu reden als unten vier Augen. Sobald das Gespräch auf das Landleben oder auf Bälle kam, flimmerte es uns vor den Augen, und es war uns peinlich, einander anzusehen. Wir fühlten beide, an welcher Stelle sich die Kluft befand, die uns voneinander trennte, und fürchteten, ihr nahe zu kommen. Ich war davon überzeugt, daß er stolz und auffahrend sei und daß ich große Vorsicht anwenden müsse, um nicht an seine schwache Seite zu rühren. Er war der festen Meinung, ich könne ohne das gesellschaftliche Treiben nicht bestehen, das Landleben sage mir nicht zu und er müsse sich diesem unglücklichen Geschmack fügen. Und wir vermieden beide eine offene Aussprache über diese Dinge und beurteilten einander völlig falsch. Wir hatten schon längst aufgehört, die vollkommensten Menschen auf der Welt füreinander zusein, stellten Vergleiche mit anderen an und verurteilten einander im stillen. Vor der Abreise erkrankte ich, und statt aufs Land zu fahren, bezogen wir eine Sommerwohnung, von wo aus mein Mann allein zu seiner Mutter reiste. Als er wegfuhr, war ich schon so weit wiederhergestellt, daß ich hätte mit ihm fahren können; aber er überredete mich zu bleiben, scheinbar aus Besorgnis um meine Gesundheit. Ich fühlte, daß er nicht um meine Gesundheit besorgt war, sondern, daß er fürchtete, das Leben auf dem Lande werde uns belasten; deshalb bestand ich nicht darauf mitzukommen und blieb da. Während seiner Abwesenheit war mir leer und einsam zumute, aber als er wiederkam, sah ich, daß er mein Leben nicht mehr in der Weise bereicherte wie vorher. Unsere früheren Beziehungen, da jeder Gedanke, jeder Eindruck, den ich ihm nicht mitteilte, wie ein Verbrechen auf meiner Seele lastete, da jede seiner Handlungen, jedes seiner Worte mir als Inbegriff der Vollkommenheit erschien, da wir vor Freude lachten, wenn wir uns ansahen – diese Beziehungen gingen so unmerklich in andere über, daß jeder von uns seine besondere, dem andern fremde Welt hatte. Wir gewöhnten uns an diesen Gedanken, und nach einem Jahre flimmerte es uns nicht mehr vor den Augen, wenn wir einander ansahen. Verschwunden waren seine Anfälle von Heiterkeit, seine kindliche Ausgelassenheit, verschwunden seine alles verzeihende Nachsicht und seine Gleichgültigkeit gegen alles, die mich früher so aufgeregt hatte, verschwunden war der tiefe Blick, der mich früher verwirrt und gefreut hatte, es gab keine gemeinsamen Gebete und Schwärmereien mehr; wir sahen uns nicht sehr oft, er war beständig in Geschäften unterwegs und fürchtete und bedauerte nicht, mich allein zu lassen; ich war immer in Gesellschaft, wobei ich ihn nicht brauchte.

Es gab keine Szenen und Zerwürfnisse mehr zwischen uns, ich bemühte mich, ihn zufriedenzustellen, er erfüllte alle meine Wünsche, und es sah aus, als liebten wir einander.

Wenn wir allein waren, was selten vorkam, empfand ich in seiner Gegenwart weder Freude noch Erregung oder Verwirrung; es war, als sei ich mit mir selbst allein. Ich wußte sehr wohl, daß er mein Mann war, nicht irgendein neuer, unbekannter Mensch, sondern ein guter Mensch – mein Mann, den ich kannte wie mich selbst. Ich war davon überzeugt, daß ich alles wisse, was er tun und sagen und wie er eine Sache ansehen werde: und wenn er anders handelte oder anderer Ansicht war, als ich erwartet hatte, so glaubte ich, daß er es sei, der sich geirrt habe. Ich erwartete nichts von ihm. Kurz, er war mein Mann und weiter nichts. Ich glaubte, daß es so sein müsse, daß es keine anderen Beziehungen zwischen Eheleuten gebe und daß auch zwischen uns nie andere Beziehungen bestanden hätten. Wenn er verreiste, fühlte ich mich, namentlich in der ersten Zeit, einsam; es war mir ängstlich zumute; es kam mir in seiner Abwesenheit stärker zum Bewußtsein, was er als Stütze für mich zu bedeuten hatte; wenn er wiederkam, fiel ich ihm voller Freude um den Hals; aber nach zwei Stunden hatte ich diese Freude schon wieder vollständig vergessen und wußte nichts mehr mit ihm zu reden. Nur in Augenblicken stiller, maßvoller Zärtlichkeit, die ab und zu zwischen uns vorkamen, schien es mir, daß etwas nicht so sei, wie es sein sollte, daß ich einen Schmerz im Herzen spürte; und in seinen Augen glaubte ich dasselbe zu lesen. Ich fühlte die Grenze der Zärtlichkeit, über die er jetzt anscheinend nicht hinausgehen wollte und über die ich nicht hinausgehen konnte. Manchmal stimmte mich das traurig; aber ich hatte keine Zeit, über irgend etwas lange nachzudenken, und versuchte diese Trauer über eine unklar empfundene Veränderung in Zerstreuungen zu vergessen, die stets für mich bereit waren. Das gesellschaftliche Leben, das mich anfangs durch seinen Glanz berauscht und meiner Eitelkeit geschmeichelt hatte, bemächtigte sich meiner Neigungen bald vollständig, wurde mir zur Gewohnheit, legte mir seine Fesseln an und nahm in meiner Seele allen Raum ein, der den Gefühlen vorbehalten sein sollte. Ich blieb nie mehr mit mir allein und fürchtete mich, über meine Lage tiefer nachzudenken. Meine ganze Zeit, vom späten Morgen bis zum späten Abend, war besetzt und gehörte nicht mir, selbst wenn ich einmal nicht ausfuhr. Diese Lebensweise war mir bereits weder vergnüglich noch langweilig, sondern es schien mir, als müsse es immer so und nicht anders sein.

So vergingen drei Jahre, in deren Verlauf unser Verhältnis dasselbe blieb, als wäre es stehengeblieben, erstarrt und könnte weder schlechter noch besser werden. In diesen drei Jahren trugen sich in unserem Familienleben zwei wichtige Ereignisse zu, aber keins von beiden vermochte mein Leben zu ändern. Diese Ereignisse waren die Geburt meines ersten Kindes und der Tod Tatjana Semjonownas. In der ersten Zeit ergriff mich das Muttergefühl mit solcher Gewalt und rief in meiner Seele ein so unerwartetes Entzücken wach, daß ich glaubte, nun beginne für mich ein neues Leben; aber nach zwei Monaten, als ich von neuem anfing, Gesellschaften zu besuchen, nahm dieses Gefühl immer mehr ab und ging in eine Gewohnheit und in eine kühle Pflichterfüllung über. Dagegen wurde mein Mann nach der Geburt unseres ersten Sohnes wieder so ruhig, sanft und häuslich, wie er früher gewesen war, und wandte seine frühere Zärtlichkeit und Heiterkeit nun dem Kinde zu. Oft, wenn ich im Ballkleid in das Kinderzimmer kam, um das Kind für die Nacht zu bekreuzigen, und meinen Mann dort traf, merkte ich, daß er mich mit einem vorwurfsvollen, aufmerksamen Blick ansah, und schämte mich. Ich erschrak plötzlich über meine Gleichgültigkeit gegen das Kind und fragte mich« ›Bin ich wirklich schlechter als andere Frauen?‹ – ›Aber was soll ich tun?‹ dachte ich; ›ich liebe meinen Sohn; aber ich bin einfach nicht imstande, ganze Tage lang bei ihm zu sitzen; das ist mir langweilig, und verstellen will ich mich unter keinen Umständen.‹ Der Tod seiner Mutter war für meinen Mann ein großer Schmerz. Es bedrückte ihn, wie er sagte, nach ihrem Hinscheiden in Nikolskoje zu wohnen, ich aber fühlte mich jetzt wohler und ruhiger auf unserem Gut, obwohl ich um Tatjana Semjonowna trauerte und den Schmerz meines Mannes teilte. Diese drei Jahre verlebten wir größtenteils in der Stadt, ich fuhr nur einmal für zwei Monate auf das Gut; im dritten Jahr reisten wir ins Ausland.

Den Sommer verbrachten wir in Baden-Baden.

Ich war damals einundzwanzig Jahre alt; unsere Vermögensverhältnisse waren meiner Ansicht nach sehr gut; vom Familienleben verlangte ich nicht mehr als das, was es mir gewährte; alle Leute, die ich kannte, hatten mich gern, wie ich glaubte; meine Gesundheit ließ nichts zu wünschen übrig; meine Kleider waren die geschmackvollsten in dem Kurort; ich wußte, daß ich schön war; das Wetter war ausgezeichnet; eine Atmosphäre von Schönheit und Eleganz umgab mich, und ich war in sehr heiterer Stimmung. Ich war nicht so fröhlich wie früher in Nikolskoje, wo ich fühlte, daß ich mein Glück verdiente, daß mein Glück groß war, aber noch größer werden mußte, und daß mich immer nach mehr Glück verlangte.

Damals war es anders; aber auch in diesem Sommer fühlte ich mich sehr wohl. Ich wünschte nichts, ich hoffte und fürchtete nichts, mein Leben erschien mir ausgefüllt und mein Gewissen ruhig. Unter all den jungen Männern in dieser Saison war kein einziger, den ich in irgendeiner Weise vor den anderen ausgezeichnet hätte, nicht einmal den alten Fürsten K., unseren Gesandten, der mir den Hof machte. Einer war jung, ein anderer alt, einer, ein strohblonder Engländer, ein anderer ein Franzose mit einem Kinnbärtchen; sie waren mir alle gleichgültig, aber sie waren mir alle unentbehrlich. Sie waren alle gleich indifferente Personen, die die fröhliche Lebensatmosphäre bildeten, die mich umgab. Nur einer von ihnen, der italienische Marquis D., erregte meine Aufmerksamkeit mehr als die anderen durch die Kühnheit, mit der er seine Verehrung für mich zum Ausdruck brachte. Er versäumte keine Gelegenheit, mir mir zusammen zu sein, mit mir zu tanzen, auszureiten, mich im Kasino zu sehen und so weiter, und mir zu sagen, daß ich schön sei. Ich hatte ihn mehrmals durch das Fenster vor unserem Haus gesehen, und der unangenehme, unverwandte Blick seiner glänzenden Augen zwang mich oft zu erröten und mich abzuwenden. Er war jung, hübsch und elegant und hatte vor allen Dingen in seinem Lächeln und in dem Ausdruck der Stirn Ähnlichkeit mit meinem Mann, obwohl er viel schöner war als dieser.

Diese Ähnlichkeit überraschte mich, obwohl aus seinem Äußeren, seinen Lippen, seinem Blick und seinem langen Kinn, etwas Grobes und Tierisches, nicht aber die Güte und ideale Ruhe meines Mannes sprach. Ich glaubte damals, daß er mich leidenschaftlich liebte, und dachte oft mit stolzem Mitleid an ihn. Manchmal versuchte ich ihn zu beruhigen und ihn zu einem halb freundschaftlichen Ton stiller Vertrautheit hinüberzuleiten, aber er wies diese Versuche schroff ab und verwirrte mich nach wie vor in unangenehmer Weise durch seine Leidenschaft, die zwar noch verborgen war, sich aber jeden Augenblick äußern konnte. Ich fürchtete diesen Mann, obwohl ich es mir nicht eingestand, und dachte gegen meinen Willen oft an ihn. Mein Mann war mit ihm bekannt und benahm sich ihm gegenüber noch kälter und hochmütiger als gegen unsere anderen Bekannten, für die er nur der Mann seiner Frau war. Gegen Ende der Saison erkrankte ich und konnte zwei Wochen lang nicht ausgehen. Als ich zum ersten Mal nach meiner Krankheit abends zur Kurmusik erschien, erfuhr ich, daß während meiner Abwesenheit die seit langem erwartete und wegen ihrer Schönheit berühmte Lady S. angekommen war. Um mich bildete sich ein Kreis, und ich wurde freudig empfangen, aber der Kreis, der sich um die neue Schönheit bildete, war noch erlesener. Alle, die mich umgaben, sprachen nur von ihr und von ihrer Schönheit. Man zeigte sie mir, und sie war in der Tat reizend, aber der Ausdruck von Selbstgefälligkeit in ihrem Gesicht berührte mich unangenehm, und ich sagte das auch. An diesem Tag kam mir alles langweilig vor, was vorher so heiter gewesen war. Am nächsten Tag arrangierte Lady S. einen Ausflug zum Schloß, aber ich lehnte es ab, daran teilzunehmen.

Fast niemand blieb bei mir zurück, und alles hatte sich in meinen Augen vollständig verändert. Alles und alle kamen mir dumm und langweilig vor; ich hätte am liebsten geweint, meine Kur so schnell wie möglich beendet und die Rückreise nach Rußland angetreten. Mein Herz war von einem häßlichen Gefühl erfüllt, daß ich mir aber noch nicht eingestehen mochte. Ich erklärte, daß ich mich noch schwach fühlte, und erschien nicht mehr in der großen Gesellschaft, nur morgens ging ich manchmal allein zum Brunnen, oder ich machte mit Frau M., einer russischen Bekannten, Ausflüge in die Umgegend. Mein Mann war zu jener Zeit nicht bei mir; er war auf einige Tage nach Heidelberg gefahren, wartete auf die Beendigung meiner Kur, um mit mir nach Rußland zu fahren, und besuchte mich nur ab und zu.

Eines Tages hatte Lady S. die ganze Gesellschaft zu einer Jagdpartie entführt, und ich fuhr nach dem Mittagessen mit Frau L. M. zum Schloß. Während wir im Schritt die gewundene Landstraße hinauffuhren und zwischen den uralten Kastanien auf die schöne, elegante Umgebung Baden-Badens blickten, die von den Strahlen der untergehenden Sonne beleuchtet wurde, führten wir ein ernstes Gespräch miteinander, was wir bisher nie getan hatten. Ich lernte L. M., die ich schon lange kannte, als gütige, kluge Frau kennen, man konnte über alles mir ihr reden, und es war ein Vergnügen, mit ihr befreundet zu sein. Wir sprachen von unseren Familien, von den Kindern, von der Leere und Hohlheit des hiesigen Lebens; wir sehnten uns nach Rußland, nach dem Landleben, und es wurde uns traurig und zugleich wohl zumute. Noch von dieser ernsten Stimmung erfüllt, gingen wir ins Schloß. Innerhalb der Mauern war es schattig und kühl; oben spielte die Sonne auf den Ruinen, man hörte Schritte und Stimmen. Durch ein Tor sah man wie in einem Rahmen das reizvolle, aber uns Russen so kühl erscheinende Bild von Baden-Baden. Wir setzten uns, um auszuruhen, und betrachteten schweigend die untergehende Sonne. Die Stimmen wurden deutlicher vernehmbar, und mir war, als würde mein Name genannt. Ich horchte unwillkürlich auf und verstand jedes Wort. Die Stimmen waren mir bekannt: es waren der Marquis D. und ein mit ihm befreundeter Franzose, den ich ebenfalls kannte. Sie sprachen von mir und von Lady S. Der Franzose stellte einen Vergleich zwischen ihr und mir an und analysierte ihre Schönheit und die meine. Er sagte nichts Beleidigendes; aber das Blut strömte mir zum Herzen, als ich seine Worte hörte. Er setzte eingehend auseinander, was an mir und was an Lady S. schön sei. Ich hätte schon ein Kind, Lady S. dagegen sei erst neunzehn Jahre alt; mein Haar sei schöner, aber dafür habe die Lady eine graziösere Gestalt. »Die Lady«, sagte er, »ist eine große Dame, während Ihre Angebetete doch nur soso ist, eine von diesen kleinen russischen Fürstinnen, die sich neuerdings so häufig hier einfinden.« Er schloß damit, ich tue gut daran, den Kampf mit Lady S. nicht aufzunehmen; in Baden-Baden sei ich endgültig abgetan.

»Sie tut mir leid«, erwiderte der andere.

»Wenn sie sich nur nicht mit Ihnen tröstet«, antwortete der Franzose und lachte dabei vergnügt und herzlos auf.

»Wenn sie wegreist, fahre ich ihr nach«, sagte die Stimme mit dem italienischen Akzent in grobem Ton.

»Glücklicher Sterblicher! Er kann noch lieben!« rief der Franzose lachend.

»Lieben!« antwortete die andere Stimme und schwieg dann einen Augenblick. »Ich kann nicht anders als lieben! Ohne das gibt es für mich kein Leben. Aus dem Leben einen Roman zu machen, ist das einzige Gute auf der Welt. Und meine Romane hören nie in der Mitte auf – ich werde auch diesen zu Ende führen.«

»Bonne chance, mon ami«, sagte der Franzose.

Weiter hörten wir nichts, da sie um eine Ecke gebogen waren, und wir vernahmen ihre Schritte von der anderen Seite. Sie gingen die Treppe hinunter, traten einige Minuten danach durch eine Seitentür und waren sehr erstaunt, uns zu sehen. Ich errötete, als der Marquis D. auf mich zutrat, und mir wurde angst, als er mir beim Verlassen des Schlosses den Arm reichte. Ich konnte nicht ablehnen, und wir gingen hinter L. M. und seinem Freund zum Wagen. Ich fühlte mich durch die Worte des Franzosen gekränkt, obwohl ich mir im geheimen bewußt war, daß er nur meine eigenen Empfindungen ausgesprochen hatte; die Äußerungen des Marquis hingegen hatte mich durch ihre Schroffheit erstaunt und empört. Mich quälte der Gedanke, daß er sich nicht vor mir genierte, obwohl er annehmen mußte, daß ich seine Worte gehört hatte. Es war mir widerwärtig, ihn so nahe neben mir zu fühlen; ich sah ihn nicht an, antwortete ihm nicht, bemühte mich, meinen Arm so zu halten, daß ich den seinen nicht fühlte, und ging eilig hinter Frau L. M. und dem Franzosen her. Der Marquis sagte etwas von der schönen Aussicht, von dem unerwarteten Glück, mich zu treffen, und sonst noch etwas; aber ich hörte ihm nicht zu. Ich dachte in diesem Augenblick an meinen Mann, an meinen Sohn, an Rußland; ich schämte mich über etwas, bedauerte etwas, wünschte etwas und suchte so schnell wie möglich nach Hause zu kommen, in mein einsames Zimmer im Hotel de Bade, um in Ruhe über

all das nachzudenken, was soeben in meiner Seele erwacht war. Aber Frau L. M. ging langsam; bis zum Wagen war es noch weit, und mein Kavalier machte, wie mir schien, absichtlich kleine Schritte, als wollte er mit mir zurückbleiben. ›Das darf nicht sein!‹ dachte ich und schlug entschlossen einen schnelleren Schritt an. Aber nun hielt er mich wirklich zurück und drückte mir sogar die Hand. Frau L. M. bog um eine Ecke des Weges, und wir waren ganz allein. Mir wurde angst.

»Entschuldigen Sie«, sagte ich kalt und wollte meinen Arm frei machen; aber der Spitzenbesatz des Ärmels blieb an einem seiner Knöpfe hängen. Er beugte sich mit dem Oberkörper zu mir und begann die Spitze loszulösen, wobei seine Finger ohne Handschuhe meinen Arm berührten. Ein mir neues Gefühl, halb Entsetzen, halb Befriedigung, lief mir wie ein Kälteschauer über den Rücken. Ich sah ihn an, um durch einen kalten Blick die ganze Verachtung zum Ausdruck zu bringen, die ich für ihn empfand, aber mein Blick drückte etwas anderes aus: Schreck und Erregung. Seine brennenden, feuchtschimmernden Augen in nächster Nähe meines Gesichts betrachteten mich leidenschaftlich, betrachteten meinen Hals, meine Brust, seine beiden Hände betasteten meinen Arm über dem Handgelenk, seine geöffneten Lippen sagten etwas, daß er mich liebe, daß ich sein ein und alles sei, und diese Lippen näherten sich mir, und seine Hände drückten die meinen immer stärker und schienen mich zu verbrennen. Feuer strömte durch meine Adern, mir wurde schwarz vor den Augen, ich zitterte, und die Worte, mit denen ich ihn zurückweisen wollte, vertrockneten mir in der

Kehle. Auf einmal fühlte ich einen Kuß auf meiner Wange und blieb, am ganzen Körper zitternd und fröstelnd, stehen und sah ihn an. Entsetzt, unfähig zu sprechen und mich zu rühren, stand ich wartend und verlangend da. Das alles dauerte nur einen Augenblick. Aber dieser Augenblick war furchtbar! Ich sah in diesem Augenblick den ganzen Menschen vor mir. Sein Gesicht war mir so vertraut: diese unter dem Strohhut sichtbare steile, niedrige Stirn, der Stirn meines Mannes so ähnlich, diese schöne, gerade Nase mit den geblähten Nasenflügeln, dieser lange, pomadisierte Schnurrbart und das Bärtchen, diese glattrasierten Wangen und der gebräunte Hals. Ich haßte und fürchtete ihn, er war mir so fremd; aber in diesem Augenblick erweckte die Erregung und die Leidenschaft dieses verhaßten, fremden Menschen einen starken Widerhall in mir. Es drängte mich unwiderstehlich, mich den Küssen dieses sinnlichen, schönen Mundes, den Umarmungen dieser weißen Hände mit den feinen Adern und den beringten Fingern zu überlassen; es trieb mich, mich blindlings in den lockenden Abgrund verbotener Genüsse zu stürzen, der sich plötzlich aufgetan hatte! . . .

›Ich bin so unglücklich‹, dachte ich; ›mag sich denn immer mehr Unglück auf meinem Haupte sammeln!‹

Er umschlang mich mit einem Arm und neigte sich zu meinem Gesicht. ›So mag sich denn immer noch mehr Schande und Sünde auf meinem Haupte häufen!‹

»Je vous aime«, flüsterte er mit einer Stimme, die der Stimme meines Mannes so ähnlich war. Mein Mann und mein Kind kamen mir ins Gedächtnis wie teure

Wesen aus der Vergangenheit, mit denen ich für immer abgeschlossen hätte. Aber in diesem Augenblick erscholl plötzlich hinter der Wegbiegung die Stimme von Frau L. M., die mich rief. Ich kam zu mir, riß meine Hand los und lief fast zu Frau L. M., ohne ihn anzusehen. Wir stiegen in den Wagen, und erst jetzt sah ich ihn an. Er nahm den Hut ab und fragte mich lächelnd etwas. Er verstand den unaussprechlichen Widerwillen nicht, den ich in diesem Augenblick gegen ihn empfand.

Wie unglücklich erschien mir mein Leben, wie hoffnungslos die Zukunft, wie schwarz die Vergangenheit. L. M. sprach mit mir, aber ich verstand nicht, was sie sagte. Ich glaubte, daß sie nur aus Mitleid mit mir spräche, um die Verachtung zu verbergen, die ich bei ihr hervorrief. In jedem Wort, in jedem Blick meinte ich diese Verachtung und dieses beleidigende Mitleid zu spüren. Der Kuß brannte wie ein Schandmal auf meiner Wange, und der Gedanke an meinen Mann und an mein Kind war mir unerträglich. Als ich in meinem Zimmer allein war, hoffte ich meine Lage überdenken zu können; aber ich ängstigte mich so allein. Ich trank den Tee, der mir gebracht wurde, nicht aus, und ohne selbst zu wissen warum, begann ich mich mit fieberhafter Eile reisefertig zu machen, um mit dem Abendzug nach Heidelberg zu meinem Mann zu fahren.

Als ich mit der Zofe in einem leeren Abteil saß, die Lokomotive anfuhr und die frische Luft durchs Fenster drang, kam ich zur Besinnung und gewann allmählich eine klarere Vorstellung von meiner Vergangenheit und meiner Zukunft. Mein ganzes Eheleben, vom

Tage unserer Übersiedlung nach Petersburg an, erschien mir plötzlich in einem neuen Licht und legte sich mir wie in Vorwurf auf das Gewissen. Zum ersten Mal erinnerte ich mich lebhaft an unsere erste Zeit auf dem Lande, an unsere Pläne; zum ersten Mal kam mir die Frage in den Sinn: ›Was waren denn seine Freuden in dieser Zeit?‹ Und ich fühlte mich ihm gegenüber schuldig. ›Aber warum hat er mich nicht zurückgehalten, warum hat er sich vor mir verstellt, warum hat er eine offene Aussprache vermieden, warum hat er mich gekränkt?‹ fragte ich mich. ›Warum hat er nicht von der Macht Gebrauch gemacht, die ihm seine Liebe über mich gibt? Oder hat er mich nicht geliebt?‹ Aber wieviel Schuld ihn auch treffen mochte, der Kuß des fremden Mannes war auf meiner Wange, und ich fühlte ihn. Je näher ich Heidelberg kam, um so deutlicher stellte ich mir meinen Mann vor, und um so mehr ängstigte ich mich vor dem bevorstehenden Wiedersehen. ›Ich will ihm alles, alles sagen, will alles mit Tränen der Reue ausweinen‹, dachte ich, ›und er wird mir verzeihen.‹ Aber ich wußte selbst nicht, was eigentlich dieses ›alles‹ war, das ich ihm sagen wollte, und glaubte selbst nicht, daß er mir verzeihen werde.

Aber kaum war ich zu meinem Mann ins Zimmer getreten und hatte sein ruhiges, wenn auch erstauntes Gesicht gesehen, als ich fühlte, daß ich ihm nichts sagen, ihm nichts bekennen und ihn für nichts um Verzeihung bitten konnte. Kummer und Reue mußten unausgesprochen in meiner Seele bleiben.

»Wie bist du nur auf diesen Einfall gekommen?« sagte er. »Morgen wollte ich zu dir fahren.« Aber als er mir näher ins Gesicht sah, schien er zu erschrecken. »Was hast du? Was ist dir?« fragte er.

»Nichts«, antwortete ich, konnte aber kaum die Tränen zurückhalten. »Ich bin für immer gekommen. Laß uns nach Hause fahren, nach Rußland, meinetwegen gleich morgen.«

Er sah mich ziemlich lange schweigend und prüfend an.

»So erzähle doch, was dir begegnet ist«, sagte er.

Ich errötete unwillkürlich und schlug die Augen nieder. Seine Augen blitzten zornig und gekränkt. Ich erschrak über die Gedanken, die ihm gekommen sein mochten, und sagte mit einer Fähigkeit der Verstellung, die ich mir selbst nicht zugetraut hätte:

»Nichts ist mir begegnet; es ist mir einfach langweilig und bange geworden so allein, und ich habe viel über unser Leben und über dich nachgedacht. Ich habe mir schon längst deinetwegen Vorwürfe gemacht! Warum fährst du mit mir hierher, wo es dir nicht gefällt? Schon längst habe ich mir deinetwegen Vorwürfe gemacht«, sagte ich noch einmal, und wieder kamen mir die Tränen in die Augen. »Laß uns auf unser Gut fahren, und zwar für immer.«

»Ach, liebes Kind, erspare mir solche gefühlvollen Szenen«, sagte er kalt. »Daß du aufs Land willst, ist prächtig, weil wir wenig Geld haben, aber wenn du sagst: ›für immer‹, so ist das ein Hirngespinst. Ich weiß, daß du das Leben dort auf die Dauer nicht aushältst. Trink jetzt eine Tasse Tee; das wird das beste sein«, schloß er und stand auf, um dem Kellner zu klingeln.

Ich stellte mir alles vor, was er möglicherweise von mir dachte, und ich fühlte mich beleidigt durch die furchtbaren Gedanken, die ich ihm zuschrieb, als ich seinen ungläubigen und wie von Scham erfüllten Blick auf mir ruhen fühlte. ›Nein, er will und kann mich nicht verstehen!‹ Ich sagte, ich wolle nach dem Kind sehen, und ging hinaus. Ich hatte das Verlangen, allein zu sein und zu weinen, zu weinen, zu weinen . . .

4

Das seit langer Zeit nicht mehr geheizte Haus in Nikolskoje war wieder von Leben erfüllt, aber das, war darin gelebt hatte, erwachte nicht wieder. Mama war nicht mehr da, und wir waren allein miteinander. Aber jetzt verlangten wir kein Alleinsein mehr, im Gegenteil, es war uns peinlich. Der Winter verlief für mich um so schlechter, als ich krank war und mich erst nach der Geburt meines zweiten Sohnes wieder erholte. Mein Verhältnis zu meinem Mann blieb dasselbe kühl-freundliche wie zur Zeit unseres Aufenthaltes in der Stadt; aber auf dem Lande erinnerte mich jede Diele, jede Wand, jedes Sofa an das, was früher gewesen war und was ich verloren hatte. Es war, als stände eine unverziehene Beleidigung zwischen uns; es war, als bestrafte er mich für etwas und gäbe sich den Anschein, es selbst nicht zu bemerken. Ich hatte keinen Grund, ihn um Verzeihung zu bitten, ihn um Gnade anzuflehen: er bestrafte mich nur dadurch, daß er mir nicht sein ganzes Selbst, seine ganze Seele hingab, wie er es früher getan hatte; aber er gab sich auch keinem anderen hin, gerade als ob er keine Seele mehr hätte. Manchmal kam mir der Gedanke, daß er sich nur verstellte, um mich zu quälen, daß das frühere Gefühl aber noch in ihm lebendig sei, und ich bemühte mich, es wachzurufen. Aber er wich jedesmal einer offenen Aussprache aus, als verdächtige er mich der Heuchelei und fürchte jede Gefühlsäußerung als etwas Lächerliches. Sein Blick und sein Ton sagten: ›Ich weiß, ich weiß alles, du brauchst mir nichts zu sagen. Ich weiß schon im voraus, was du sagen wirst, ich weiß auch, daß du anders sprechen als handeln wirst.‹ Anfangs kränkte mich diese Furcht vor einer offenen Aussprache, dann aber gewöhnte ich mich an den Gedanken, daß ihm eben das Bedürfnis, offen zu sein, fehlte. Ich selbst hätte jetzt die Zunge nicht bewegen können, wenn ich ihm hätte sagen wollen, daß ich ihn liebte, wenn ich ihn hätte bitten wollen, mit mir zu beten oder meinem Klavierspiel zuzuhören. In unseren Beziehungen waren bereits gewisse Anstandsregeln zu fühlen. Jeder von uns lebte für sich, er mit seiner Arbeit, an der ich nicht mehr teilnehmen wollte, ich in meinem Müßiggang, der ihn nicht mehr ärgerte und betrübte wie früher. Die Kinder waren noch zu klein und konnten uns noch nicht verbinden.

Aber dann kam der Frühling. Katja und Sonja zogen für den Sommer auf das Land; unser Haus in Nikolskoje sollte umgebaut werden, und so siedelten wir nach Pokrowskoje über. Es war noch dasselbe alte Haus mit seiner Veranda, mit dem Ausziehtisch und dem Klavier in dem hellen Saal, mit meinem früheren Zimmer mit den weißen Gardinen und meinen dort vergessenen Mädchenträumen. In diesem Zimmer standen zwei Betten; in dem einen, das ehemals mir gehört hatte, bekreuzigte ich abends den bloßgestrampelten dicken Kokoscha, in dem anderen, kleineren schaute Wanjas Gesichtchen aus den Windeln hervor. Wenn ich sie bekreuzigt hatte, blieb ich oft mitten in dem hellen Zimmerchen stehen, und plötzlich lösten sich aus allen Ecken, von den Wänden, von den Vorhängen die alten, vergessenen Phantasiegebilde der Jugend, und alte Stimmen begannen Mädchenlieder zu singen. Und wo waren diese Phantasiegebilde? Wo waren diese lieben, süßen Lieder? Alles, was ich kaum zu hoffen gewagt hatte, hatte sich verwirklicht. Die unklaren, verschwommenen Träumereien waren Wirklichkeit geworden; aber diese Wirklichkeit war ein schweres, drückendes, freudloses Leben geworden. Und doch war alles noch ebenso wie früher: da sah man denselben Garten durch das Fenster; da war derselbe Rasenplatz, derselbe Weg, dieselbe Bank dort oberhalb der Schlucht, dieselben Nachtigallenlieder klangen vom Teich herüber, derselbe Flieder stand in voller Blüte, und derselbe Mond leuchtete über dem Haus; und dennoch hatte sich alles so furchtbar, so unglaubhaft verändert! So kalt war alles, was so teuer und vertraut hätte sein können!

Wie in alter Zeit sitze ich mit Katja im Salon, wir sprechen leise und sprechen über ihn. Aber Katja ist runzlig und gelb geworden, ihre Augen leuchten nicht mehr in Freude und Hoffnung, sondern drücken Trauer und Mitgefühl aus. Wir sind nicht mehr entzückt von ihm wie früher, wir kritisieren ihn, wir wundern uns nicht mehr, warum und weshalb wir so glücklich sind, und wir wollen nicht mehr wie früher aller Welt erzählen, was wir denken; wir flüstern miteinander wie Verschwörerinnen und fragen uns zum hundertsten Mal, warum sich alles so traurig verändert hat. Auch er ist immer noch derselbe, nur die Falte zwischen seinen Augenbrauen ist tiefer geworden, er hat mehr graue Haare an den Schläfen, aber der tiefe, aufmerksame Blick ist mir immer wie durch eine Wolke verschleiert. Auch ich bin noch dieselbe, aber in mir ist keine Liebe mehr und kein Verlangen nach Liebe, kein Bedürfnis nach Tätigkeit und keine Zufriedenheit mit mir selber. Und wie fern und unmöglich erscheinen mir das frühere fromme Entzücken, die frühere Liebe zu ihm, die frühere Fülle des Lebens! Ich hätte jetzt das, was mir früher so einfach und richtig erschien, nicht begriffen: das Glück, für einen andern zu leben. Warum sollte man für einen andern leben, wenn man nicht einmal für sich selbst leben wollte.

Die Musik hatte ich seit der Zeit, da wir nach Petersburg gezogen waren, vollständig aufgegeben; aber jetzt erweckten das alte Klavier und die alten Noten wieder mein Interesse.

Eines Tages fühlte ich mich nicht ganz wohl und blieb allein zu Hause, während Katja und Sonja mit ihm zusammen nach Nikolskoje gefahren waren, um den Neubau anzusehen. Der Teetisch war gedeckt; ich ging hinunter und setzte mich in Erwartung der drei ans Klavier. Ich schlug die Sonate ›Quasi una fantasia‹

auf und begann zu spielen. Niemand war zu hören und zu sehen; die Fenster nach dem Garten waren geöffnet, und die wohlbekannten, ernst-feierlichen Töne erfüllten das Zimmer. Ich hatte den ersten Satz beendet und sah mich ganz unbewußt aus alter Gewohnheit nach der Ecke um, in der er früher immer gesessen und mir zugehört hatte. Aber er war nicht da; der Stuhl, der schon lange nicht vom Fleck gerückt worden war, stand in seiner Ecke; durch das Fenster sah ich einen Fliederstrauch gegen den hellen Sonnenuntergang, und die frische Abendluft strömte durch die offenen Fenster herein. Ich stützte die Ellbogen auf das Klavier, bedeckte das Gesicht mit beiden Händen und versank in Gedanken. So saß ich lange da, gedachte voller Schmerz des Vergangenen, Unwiederbringlichen und dachte zaghaft an Neues. Aber mir war, als hätte ich nichts mehr vor mir, als wünschte und hoffte ich nicht mehr. ›Bin ich wirklich schon mit dem Leben fertig?‹ dachte ich, hob erschrocken den Kopf, und um zu vergessen und nicht zu denken, begann ich wieder zu spielen, und zwar noch einmal dasselbe Andante. ›Mein Gott‹, dachte ich, ›vergib mir, wenn ich schuldig bin, oder gib mir alles zurück, was so schön in meiner Seele war, oder lehre mich, was ich tun soll, wie ich jetzt leben soll!‹

Auf dem Rasen und vor der Auffahrt hörte man Räderrollen, dann erklangen behutsame, wohlbekannte Schritte auf der Veranda und verhallten. Aber in meiner Seele regte sich nicht mehr das frühere Gefühl als Antwort auf den Klang dieser wohlbekannten Schritte. Als ich geendet hatte, hörte ich die Schritte

hinter mir, und eine Hand legte sich auf meine Schulter.

»Sehr nett von dir, daß du diese Sonate gespielt hast«, sagte er. Ich schwieg.

»Du hast noch nicht Tee getrunken?«

Ich schüttelte verneinend den Kopf und sah mich nicht nach ihm um, damit er die Spuren der Erregung, die auf meinem Gesicht zurückgeblieben waren, nicht sähe.

»Sie werden gleich kommen«, sagte er, »das Pferd ist unruhig geworden, und da sind sie ausgestiegen und kommen von der Landstraße zu Fuß her.«

»Wir wollen auf sie warten«, antwortete ich und ging auf die Veranda hinaus, in der Hoffnung, er werde mir folgen; aber er fragte nach den Kindern und ging zu ihnen. Seine Gegenwart, seine schlichte, gütige Stimme schienen mich davon überzeugen zu wollen, daß ich nichts verloren hätte. Was konnte ich noch wünschen? Er war gut, sanft, ein guter Gatte, ein guter Vater, ich wußte selber nicht, was mir noch fehlte.

Ich setzte mich unter der Markise der Veranda auf dieselbe Bank, auf der ich an unserem Verlobungstag gesessen hatte. Die Sonne war schon untergegangen, es begann zu dämmern, eine dunkle Frühlingswolke hing über dem Haus und dem Garten; nur zwischen den Bäumen hindurch war der reine Horizont mit der erlöschenden Abendröte und dem soeben aufleuchtenden Abendstern zu sehen. Über allen lag der Schatten der leichten Wolke, und alles wartete auf einen stillen Frühlingsregen. Der Wind hatte sich gelegt, kein Blatt, kein Hälmchen bewegte sich, der Duft des Flieders und des Faulbaums erfüllte den Garten und die Veranda so stark, als blühe die ganze Luft; bald schwächere, bald stärkere Duftwellen glitten auf mich zu, so daß ich am liebsten die Augen geschlossen hätte, um nichts zu empfinden als diesen süßen Geruch. Die Georginen und Rosenstöcke, noch ohne Blüten, ragten unbeweglich auf ihren umgegrabenen, schwarzen Beeten in die Höhe und schienen langsam an ihren weißen, abgeschälten Stützstäben hinaufzuwachsen; die Frösche in der Schlucht quakten durchdringend und aus Leibeskräften, als spürten sie den kommenden Regen, der sie ins Wasser treiben würde. Nur ein dünnes, ununterbrochenes Rieseln von fließendem Wasser schwebte über diesem Geschrei. Die Nachtigallen riefen einander zu, und man hörte, wie sie unruhig von einem Ort zum andern flogen. Auch in diesem Frühling nistete eine von ihnen wieder in dem Gebüsch unter dem Fenster, und als ich hinaustrat, hörte ich, wie sie nach der anderen Seite der Allee hinüberflog, dort einmal schlug und dann verstummte; auch sie wartete wie ich. Vergebens suchte ich mich zu beruhigen; ich erwartete etwas und beklagte etwas.

Er kam von oben zurück und setzte sich neben mich.

»Ich fürchte, unsere beiden Damen werden noch naß werden«, sagte er.

»Ja«, erwiderte ich, und wir schwiegen beide lange.

Die Wolke senkte sich, ohne daß der Wind sie bewegte, immer tiefer herab, alles wurde still und regungslos, der Duft stärker, und plötzlich fiel ein Tropfen und sprang auf der Leinenmarkise über der Terrasse in die Höhe; ein zweiter zersprühte auf dem Kies des

Weges, es begann auf den Huflattich zu klatschen, und ein dichter, frischer, immer stärker werdender Regen ging nieder. Die Nachtigallen und Frösche waren ganz verstummt; nur das leise Wasserrauschen, das jetzt im Regen ferner schien, klang durch die Luft, und ein Vogel, der sich wahrscheinlich unweit der Veranda im trockenen Laub versteckt hatte, ließ gleichmäßig seine zwei einförmigen Töne erklingen. Mein Mann stand auf und wollte weggehen.

»Wo willst du hin?« fragte ich, ihn zurückhaltend. »Es ist doch so schön hier.«

»Ich muß ihnen einen Regenschirm und Überschuhe entgegenschicken«, antwortete er.

»Das ist nicht nötig, es geht gleich vorüber.«

Er stimmte mir zu, und wir blieben zusammen am Geländer der Veranda stehen. Ich stützte mich mit dem Arm auf den schlüpfrigen, nassen Querbalken und streckte den Kopf hinaus. Der frische Regen benetzte mir ungleichmäßig die Haare und den Hals. Die Wolke ergoß sich über uns und wurde heller und durchsichtiger, das gleichmäßige Rauschen des Regens wurde von einzelnen Tropfen abgelöst, die von oben und von den Blättern herabfielen. Die Frösche unten begannen wieder zu quaken, die Nachtigallen regten sich und riefen einander aus dem nassen Gebüsch zu, bald auf dieser, bald auf jener Seite. Alles war vor unseren Augen hell geworden.

»Wie schön!« sagte er, setzte sich auf das Geländer und strich mit der Hand über meine nassen Haare.

Diese einfache Liebkosung wirkte wie ein Vorwurf auf mich; ich hätte am liebsten geweint.

»Was braucht der Mensch noch mehr?« fuhr er fort. »Ich bin jetzt so zufrieden, daß ich mir nichts mehr wünsche, ich bin vollkommen glücklich!«

›Früher hast du anders über das Glück gesprochen‹, dachte ich. ›So groß es auch war – du sagtest, daß du immer und immer noch etwas wünschtest. Aber jetzt bist du ruhig und zufrieden, während meine Seele voll ist von unausgesprochener Reue und unausgeweinten Tränen.‹

»Auch mir ist wohl«, sagte ich, »aber es stimmt mich traurig, daß alles, was vor meinen Augen liegt, so schön ist. In meinem Innern ist es so verworren und leer, immer wünsche ich mir noch etwas, während hier alles so schön und ruhig ist. Mischt sich nicht auch bei dir in den Naturgenuß eine Art von Wehmut, als ob du dich nach etwas Vergangenem sehntest?«

Er nahm die Hand von meinem Kopf und schwieg eine Weile.

»Ja, früher ist es mir auch so gegangen, besonders im Frühling«, sagte er, als erinnerte er sich jetzt daran. »Ich habe auch nächtelang wach gesessen, gewünscht und gehofft, und es waren schöne Nächte ... Aber damals hatte ich alles noch vor mir, während jetzt alles hinter mir liegt. Jetzt bin ich mit dem zufrieden, was ist, und das ist wunderbar«, schloß er so überzeugt und lässig, daß ich glauben mußte, er spräche die Wahrheit, so weh es mir auch tat, das zu hören.

»Und du wünschst nichts weiter?« fragte ich.

»Nichts Unmögliches«, antwortete er; er erriet offenbar mein Gefühl. »Du machst dir den Kopf naß«, fügte er hinzu, indem er mir wie einem Kind noch einmal liebkosend mit der Hand über das Haar strich. »Du beneidest die Blätter und das Gras darum, daß der Regen sie netzt, und möchtest am liebsten das Gras und die Blätter und der Regen sein. Ich aber freue mich nur über sie wie über alles in der Welt, was schön und jung und glücklich ist.«

»Und tut es dir nicht um das Vergangene leid?« fuhr ich fort und fühlte, daß mir immer schwerer ums Herz wurde.

Er wurde nachdenklich und schwieg wieder eine Weile. Ich sah, daß er mir eine vollkommen aufrichtige Antwort geben wollte.

»Nein!« antwortete er kurz.

»Das ist nicht wahr, das ist nicht wahr!« rief ich, wandte mich nach ihm und sah ihm in die Augen. »Du grämst dich nicht um das Vergangene?«

»Nein!« sagte er noch einmal. »Ich bin dankbar dafür, daß ich es gehabt habe, aber ich trauere ihm nicht nach.«

»Und möchtest du es nicht zurückrufen?« fragte ich.

Er wandte sich ab und blickte in den Garten.

»Ich wünsche es nicht, ebenso wie ich nicht wünsche, daß mir Flügel wüchsen«, erwiderte er. »Es ist unmöglich!«

»Und findest du keine Fehler in der Vergangenheit? Machst du dir oder mir keinen Vorwurf?«

»Durchaus nicht. Alles hat zum besten gedient.«

»Höre«, sagte ich und berührte seine Hand, damit er mich ansähe. »Höre, warum hast du mir denn nie gesagt, daß du wünschst, ich solle so leben, wie du es willst, warum hast du mir eine Freiheit gelassen, die ich nicht zu gebrauchen verstand, warum hast du aufgehört, mich zu unterweisen? Wenn du gewollt hättest, wenn du mich anders geleitet hättest, so wäre nichts, nichts geschehen«, sagte ich mit einer Stimme, in der kalter Unwille und bitterer Vorwurf immer stärker zum Ausdruck kamen, aber nicht die frühere Liebe.

»Was wäre nicht geschehen?« fragte er, sich erstaunt zu mir wendend; »es ist doch auch so nichts geschehen. Alles ist ja gut. Sehr gut«, fügte er lächelnd hinzu.

›Versteht er mich wirklich nicht, oder, was noch schlimmer wäre, will er mich nicht verstehen?‹ dachte ich, und Tränen traten mir in die Augen.

»Es wäre nicht geschehen, daß ich durch deine Gleichgültigkeit, ja Verachtung gestraft würde, obwohl ich mir dir gegenüber nichts zuschulden kommen ließ«, brach es plötzlich aus mir hervor. »Es wäre nicht geschehen, daß du mir ohne jedes Verschulden meinerseits plötzlich alles genommen hast, was mir teuer war.«

»Was redest du da, liebes Kind!« sagte er, als hätte er nicht verstanden, was ich gesagt hatte.

»Nein, laß mich alles sagen . . . Du hast mir dein Vertrauen entzogen, deine Liebe, sogar deine Achtung; denn ich glaube nicht, daß du mich jetzt liebst, nach allem, was früher gewesen ist. Nein, ich muß einmal alles aussprechen, was mich schon lange quält.« Er wollte mich unterbrechen, aber ich ließ ihn nicht zu Wort kommen. »Ist es denn meine Schuld, daß ich das Leben nicht kannte und du mich meinen Weg allein suchen ließest? Ist es denn meine Schuld, daß jetzt, wo ich selbst eingesehen habe, was nötig ist, und wo ich mich seit fast einem Jahr abmühe, zu dir zurückzukehren, du mich zurückstößt, als verstündest du nicht, was ich will, und immer so, daß man dir keinen Vorwurf machen kann und ich als die Schuldige dastehe und unglücklich bin! Ja, du willst mich wieder in jenes Leben stoßen, das mein und dein Unglück werden könnte.«

»Aber wodurch habe ich dir das gezeigt?« fragte er mit aufrichtigem Schrecken und Erstaunen.

»Hast du nicht erst gestern gesagt und sagst du nicht unaufhörlich, daß ich mich hier nicht einleben könnte und daß wir im Winter wieder nach Petersburg fahren müssen, das mir verhaßt ist?« fuhr ich fort. »Statt mir zu helfen, vermeidest du jede offene Aussprache, jedes aufrichtige, zärtliche Wort mir gegenüber. Und später, wenn ich ganz verfallen sein werde, wirst du mir Vorwürfe machen und dich über meinen Fall freuen.«

»Halt, halt!« sagte er in strengem, kaltem Ton. «Was du da gesagt hast, ist nicht gut. Er beweist nur, daß du nicht gut auf mich zu sprechen bist, daß du mich nicht . . .«

»Daß ich dich nicht liebe? Sprich es nur aus, sprich es nur aus!« unterbrach ich ihn, und Tränen strömten mir aus den Augen. Ich saß auf der Bank und bedeckte mein Gesicht mit dem Taschentuch.

›So hat er mich also verstanden!‹ dachte ich und bemühte mich, das Schluchzen zu unterdrücken, das mich zu ersticken drohte. ›Unsere frühere Liebe ist aus, ganz aus‹, sagte eine Stimme in meinem Herzen. ›Er trat nicht zu mir, er tröstete mich nicht. Er war über meine Worte gekränkt. Seine Stimme klang kalt und ruhig.‹

»Ich weiß nicht, was du mir zum Vorwurf machst«, begann er; »wenn es das ist, daß ich dich nicht mehr so liebe wie früher . . .«

»Liebe!« murmelte ich in mein Taschentuch, und bittere Tränen näßten es noch mehr.

». . . so ist die Zeit daran schuld und wir selber. Jede Zeit hat ihre eigene Art von Liebe . . .« Er schwieg einen Augenblick. »Und soll ich dir die volle Wahrheit sagen, wenn du schon eine offene Aussprache wünschst? Wie ich in jenem Jahr, wo ich dich erst ganz kennenlernte, die Nächte in Gedanken an dich schlaflos verbrachte und selbst der Schöpfer meiner Liebe war und diese Liebe in meinem Herzen wuchs und wuchs, so habe ich auch in Petersburg und im Ausland furchtbare Nächte hindurch nicht geschlafen und diese Liebe, die mir eine Qual geworden war, zerstören, vernichten wollen. Aber ich habe nicht die Liebe selbst vernichtet, sondern nur das, was mich peinigte; ich habe mich beruhigt und liebe trotz allem, aber mit einer anderen Liebe.«

»Ja, du nennst das Liebe, aber es ist eine Qual«, erwiderte ich. »Warum hast du mir erlaubt, an dem gesellschaftlichen Leben teilzunehmen, wenn es dir so schädlich schien, daß du seinetwegen aufgehört hast, mich zu lieben?«

»Nicht wegen des gesellschaftlichen Lebens, liebes Kind«, sagte er.

»Warum hast du deine Macht nicht gebraucht«, fuhr ich fort, »mich nicht gebunden, nicht getötet? Das wäre für mich jetzt besser, als daß mir alles genommen ist, was mein Glück ausmachte; dann wäre mir wohl, und ich brauchte mich nicht zu schämen.«

Ich fing wieder an zu schluchzen und verhüllte mein Gesicht.

In diesem Augenblick kamen Katja und Sonja, höchst vergnügt und naß, laut redend und lachend auf die Veranda; aber als sie uns erblickten, verstummten sie und gingen sogleich wieder weg.

Wir schwiegen lange, als sie gegangen waren. Ich hatte mich ausgeweint, und es war mir leichter ums Herz. Ich sah ihn an. Er saß da, den Kopf in die Hand gestützt, und wollte als Antwort auf meinen Blick etwas sagen; aber er seufzte nur schwer und stützte den Kopf wieder in die Hand.

Ich trat zu ihm und nahm seine Hand. Sein Blick wandte sich nachdenklich zu mir.

»Ja«, sagte er, als setzte er seine Gedanken fort, »wir alle, und besonders ihr Frauen, müssen erst selbst den ganzen Unsinn des Lebens durchmachen, um zum richtigen Leben zurückzukehren; einem andern wollen wir nicht glauben. Du hattest damals diesen reizenden, netten Unsinn noch lange nicht durchgemacht; ich liebte das an dir und ließ dich das alles durchleben, weil ich fühlte, daß ich kein Recht hatte, dich zu beschränken, obgleich für mich diese Zeit längst vorüber war.«

»Aber warum hast du diesen Unsinn mit mir durchlebt und ihn mich erleben lassen, wenn du mich liebst?« fragte ich.

»Weil du mir wohl hättest glauben wollen, es aber

nicht gekonnt hättest; du hast es selber erfahren müssen, und das hast du auch getan.«

»Du hast viel überlegt, viel vernünftelt«, erwiderte ich. »Du hast wenig geliebt.«

Wir verstummten wieder.

»Was du eben gesagt hast, ist grausam, aber es ist wahr«, antwortete er, stand plötzlich auf und begann auf der Veranda auf und ab zu gehen. »Ja, es ist wahr. Ich war schuld«, fügte er hinzu. »Entweder durfte ich mir überhaupt nicht erlauben, dich zu lieben, oder ich mußte dich einfacher lieben, ja.«

»Laß uns alles vergessen«, sagte ich schüchtern.

»Nein, was vergangen ist, das kehrt nicht mehr wieder, das kann man nie wieder zurückrufen.« Seine Stimme klang weich, als er das sagte.

»Alles ist schon wiedergekehrt«, sagte ich und legte ihm die Hand auf die Schulter.

Er nahm meine Hand und drückte sie.

»Nein, es war eine Unwahrheit, wenn ich sagte, daß ich dem Vergangenen nicht nachtrauere. Doch, ich trauere und weine um die vergangene Liebe, die nicht mehr da ist und nicht wiederkehrt. Wer ist schuld daran? Ich weiß es nicht. Es ist eine Liebe zurückgeblieben, aber eine andere; der Platz, den sie einnahm, ist geblieben; aber sie ist matt geworden, sie hat weder Saft noch Kraft; Erinnerungen und Dankbarkeit sind geblieben, aber . . .«

»Sprich nicht so . . .« unterbrach ich ihn. »Laß alles wieder so sein, wie es früher war . . . Das ist ja doch möglich, nicht wahr?« fragte ich ihn, ihm in die Augen blickend. Aber seine Augen waren klar und ruhig, und der Blick, mit dem sie in die meinen sahen, war nicht tief.

Während ich sprach, fühlte ich bereits, daß das, was ich wünschte und worum ich ihn bat, unmöglich war. Auf seinem Gesicht erschien ein ruhiges, mildes und, wie mir schien, fast greisenhaftes Lächeln.

»Wie jung du noch bist, und ich bin schon so alt«, sagte er. »Das, was du suchst, ist nicht mehr in mir lebendig; warum soll ich mich belügen?« fügte er mit demselben Lächeln hinzu.

Ich stand schweigend neben ihm, und in meiner Seele wurde es ruhiger.

»Wir wollen nicht versuchen, das Leben zu wiederholen«, fuhr er fort, »wir wollen uns nicht selbst belügen. Gott sei Dank, daß die alte Unruhe und Aufregung vorbei ist! Wir haben nichts mehr zu suchen und uns nicht mehr aufzuregen. Wir haben schon gefunden, und es ist genug Glück auf unser Teil gekommen. Jetzt müssen wir beiseite treten und diesem hier Platz machen«, sagte er und wies auf die Amme, die mit Wanja kam und an der Tür der Veranda stehenblieb. »So ist das, liebe Frau«, schloß er, bog meinen Kopf zu sich heran und küßte ihn. Er war nicht der Geliebte, der mich küßte, sondern ein alter Freund.

Aus dem Garten aber stieg immer stärker und süßer die duftende Kühle der Nacht auf, immer feierlicher wurden die Töne und das Schweigen, und am Himmel flammten immer mehr Sterne auf. Ich sah ihn an, und plötzlich wurde mir leicht ums Herz, als ob mir jener kranke seelische Nerv herausgeschnitten wäre, der mir so viel Schmerzen bereitet hatte. Ich begriff auf einmal mit aller Klarheit und Ruhe, daß die Gefühle jener Zeit unwiederbringlich vergangen waren wie die Zeit selbst und daß es nicht nur unmöglich war, diese Gefühle zu erneuern, sondern daß ihre Wiederkehr qualvoll und bedrückend wäre. Und wirklich, war sie denn so schön gewesen, jene Zeit, die mir jetzt so glücklich erschien? Das war alles schon so lange, so lange her! . . .

»Aber es ist Zeit zum Teetrinken!« sagte er, und wir gingen zusammen in den Salon. In der Tür begegneten wir wieder der Amme mit Wanja. Ich nahm das Kind auf den Arm, deckte seine bloßen roten Füßchen zu, drückte es an mich und küßte es, wobei ich es kaum mit den Lippen berührte. Der Kleine bewegte wie im Schlaf das eine Händchen mit den gespreizten, runzligen Fingerchen und öffnete die trüben Äuglein, wie wenn er etwas suchte oder sich auf etwas besänne; plötzlich blieben diese Äuglein an mir haften, der Funke eines Gedankens blitzte in ihnen auf, die vollen, geöffneten Lippen schlossen sich und verzogen sich zu einem Lächeln. ›Mein, mein, mein!‹ dachte ich und fühlte in allen Gliedern die Spannung eines Glücksgefühls; ich drückte den Kleinen an meine Brust und beherrschte mich nur mit Mühe so weit, daß ich ihm nicht weh tat. Ich begann seine kalten Beinchen, sein Körperchen, seine Händchen und das Köpfchen mit den spärlichen Haaren zu küssen. Mein Mann trat zu mir; ich deckte schnell das Gesicht des Kindes zu und wieder auf.

»Iwan Sergejewitsch!« sagte mein Mann und berührte ihn mit dem Finger unter dem Kinn. Aber ich deckte Iwan Sergejewitsch schnell wieder zu. Niemand außer mir sollte ihn lange ansehen. Ich blickte auf meinen Mann; seine Augen lachten, als sie mich ansahen, und ich konnte zum ersten Mal nach langer Zeit wieder leicht und froh in seine Augen sehen.

Mit diesem Tag endete mein Roman mit meinem Mann; das alte Gefühl wurde zu einer teuren, unwiederbringlichen Erinnerung; aber das neue Gefühl der Liebe zu den Kindern und zu dem Vater meiner Kinder legte den Grund zu einem anderen Leben, zu einem in ganz anderer Weise glücklichen Leben, das ich im gegenwärtigen Augenblick noch nicht zu Ende gelebt habe.